書下ろし

迅《じん》雷《らい》

介錯人・父子斬日譚②

鳥羽 亮

祥伝社文庫

目次

第一章　切腹

1

大川《おおかわ》の流れの音が、轟々《ごうごう》とひびいていた。そこは、薬研堀《やげんぼり》にかかる元柳橋《もとやなぎばし》から二町ほど川下の大川端の道である。

暮れ六ツ（午後六時）を過ぎていた。辺りは夕闇に包まれ、日中は大勢の人が行き交っている通りだが、いまは人影もあまり見られなかった。大川の流れの音だけが耳を聾《ろう》するほどに聞こえてくる。

武士がひとり、若党らしい男を従えて川下にむかって歩いてくる。武士は薬研堀沿いにある料理屋で、呉服屋《ごふくや》の主人と会った帰りだった。

武士の名は坂田吉之助《さかたよしのすけ》。幕府の御納戸頭《おなんどがしら》で、将軍の下賜《かし》する衣類を調達するために呉服屋の主人と会ったのだ。衣類の調達のための相談という名目だが、呉服屋の主人の接待を受けたといった方があたっている。

坂田が若党をひとりしか連れていなかったのも、呉服屋のあるじと料理屋で会うためである。できれば、内密にしたかったのだ。

「急ぐぞ。すこし、遅くなった」

坂田が若党に声をかけ、足を速めた。

通りの左手には大川の川面《かわも》がひろがり、右手には大名屋敷がつづいていた。どの大名屋敷も表門は大川端の道側になく、他の道に面していた。大川側は築地塀《ついじべい》や中間《ちゅうげん》小屋などになっている。

前方に、大川にかかる新大橋《しんおおはし》が見えてきた。この辺りまで来ると、さらに人影はすくなくなり、仕事帰りに飲んだらしい職人ふうの男や船頭《せんどう》などが通りかかるだけである。

坂田の住む屋敷は、新大橋を渡った先にあった。橋のたもとから川上にむかって歩くと、御舟蔵《おふなぐら》があり、その南方の武家地である。

坂田と若党が、新大橋のたもとまで来たときだった。大川の岸際に植えられた柳《やなぎ》の樹陰《こかげ》から、ふたりの男が通りに出てきた。

ふたりとも、武士だった。小袖にたっつけ袴《ばかま》姿で、大小を帯びている。ふたりの武士は、坂田と若党の行く手に立ちふさがった。

「な、何者だ！」

坂田の声が震えた。ふたりの武士を、辻斬りか金品を強奪《ごうだつ》する賊とみたのである。

「われらは、剣の修業のため諸国をまわっている者でござる」

大柄な武士が言った。眉《まゆ》が濃く、眼光が鋭《するど》かった。剣の修業で鍛《きた》えた体らしく、肩幅が広く、胸が厚かった。腰が据《す》わっている。

もうひとりはほっそりした体躯《たいく》だが、やはり腰が据わり、身辺に隙《すき》がなかった。こちらも遣《つか》い手《て》らしい。

「一手、ご指南を仰《あお》ぎたい」

ほっそりした武士が言った。

「し、指南だと……」

坂田の声がつまった。

「いかにも」

「そ、それがしは、急いでいるゆえ」

坂田は声を震わせて言い、大柄な武士の脇をすり抜けようとした。

すると、大柄な武士は、いきなり抜刀《ばっとう》し、切っ先を坂田の顔面にむけ、

「このまま斬ってもいいのか」

と、坂田を見据えて言った。

「……！」

坂田は足をとめて、後じさった。顔から血《ち》の気《け》が引き、体が顫《ふる》えだした。若党も青《あお》

褪《ざ》めた顔をし、坂田といっしょに身を退《ひ》いた。

だが、ふたりはすぐに動きをとめた。踵《かかと》が大川の岸際に迫り、それ以上退《さ》がれなくなったのだ。

大柄な武士が坂田の前に立ち、

「抜け！」

と、語気を強くした。

一方、瘦身《そうしん》の武士は若党の前に立ち、右手を刀の柄《つか》に添えていた。

若党は身を顫わせて、瘦身の武士に体をむけた。背後に、大川の黒ずんだ川面が広がっている。

川面は無数の波の起伏を刻み、新大橋の彼方《かなた》の闇のなかにつづいていた。日中は猪牙舟《ちょきぶね》、箱船、屋形船などが行き交っているのだが、いまは船影もなく、轟々という流れの音だけが、聞こえてくる。

若党は刀の柄に右手を添えたが、抜かなかった。青褪めた顔で、身を顫わせている。

「抜かなければ、斬るぞ」

そう言って、瘦身の武士が刀を抜いた。

すると、若党も刀を抜いたが、痩身の武士にむけた切っ先が闇を刻むように震えている。

このとき、大柄な武士も切っ先を坂田にむけていた。

「よせ、金ならやる」

坂田は、懐《ふところ》に手をつっ込んで財布を取り出そうとした。

「おれは、剣の立ち合いを所望しているのだ。抜かねば、素手《すで》で立ち向かうとみて斬り込むぞ」

武士が威嚇《いかく》するように言った。

「お、おのれ！」

坂田は身を顫わせながら刀を抜いた。

ふたりの間合は、およそ二間半《けん》（約四・五メートル）——。真剣勝負の立ち合いの間合としては近かった。それに、坂田は大川の岸際に立っているので、身を退くことができない。

「いくぞ」

大柄な武士が青眼《せいがん》に構えた刀を振り上げ、上段に構えを変えた。

そして刀の柄を握《にぎ》った両拳《こぶし》を高くとり、切っ先で天空を突くように刀身を垂直に立てた。その大柄な体とあいまって、上から覆《おお》いかぶさってくるような威圧感《いあつかん》がある。

対する坂田は、青眼に構えて切っ先を武士の喉元《のどもと》にむけたが、体が顫え、切っ先が夕闇のなかで揺れている。

「稲妻落《いなずまお》とし、受けてみるか」

武士が、大上段に構えたまま言った。稲妻落としと称する技を遣うらしい。

坂田は無言のまま切っ先を武士にむけていたが、腰が浮き、構えもくずれていた。隙だらけである。

「いくぞ！」

武士が声を上げ、間合をつめ始めた。

坂田は身を退こうとしたが、踵が岸際に迫っていて動けなかった。

ふいに、武士の寄り身がとまった。一足一刀《いっそくいっとう》の斬撃《ざんげき》の間境《まざかい》まで、あと一歩の場に迫っている。

坂田は、目を見開いた。

武士は斬撃の気配を見せ、突如《とつじょ》、イヤアッ！　と裂帛《れっぱく》の気合を発した。その気合で、坂田の切っ先がさらに揺れた。

この一瞬の隙を、武士がとらえた。全身が斬撃の気につつまれ、その大柄な体がさらに大きくなったように見えた瞬間、頭上から稲妻のような閃光《せんこう》がはしった。

坂田の目に閃光が映じた次の瞬間、坂田は雷《かみなり》が頭頂に落ちたような衝撃を感じた。坂田の意識があったのは、そこまでである。

坂田の頭が割れ、血と脳漿《のうしょう》が飛び散った。坂田は腰から崩れるように転倒した。悲鳴も呻《うめ》き声も上げなかった。一撃で即死である。

一方、痩身の武士も、若党を斬った。痩身の武士は、血刀《けっとう》を引《ひ》っ提《さ》げたまま血塗《ちまみ》れになって倒れている若党の脇に立っていた。

若党はまだ生きているらしく、四肢《しし》がかすかに動いていたが、悲鳴も呻き声も聞こえなかった。意識はないのかもしれない。

武士は、若党の懐を探っていたが、

「こいつは、巾着《きんちゃく》も持ってませんぜ」

と、渋い顔をして言った。

一方、大柄な武士は、倒れている坂田の懐を探って紙入れを取り出し、

「だいぶ、入っているな」

と、薄笑いを浮かべて言い、懐に入れた。

「ふたりの亡骸《なきがら》は、どうします。大川に捨てますか」

痩身の武士が訊《き》いた。

「このままでいい。このふたりは、おれたちではなく、辻斬りにやられたのだ」

大柄な武士はそう言うと、懐手《ふところで》をして歩きだした。

痩身の武士も、大柄な武士の後についていく。

2
「入身迅雷《いりみじんらい》、まいる！」

狩谷唐十郎《かりやとうじゅうろう》が、声を上げて身構えた。

入身迅雷は、小宮山流居合《こみやまりゅういあい》にある技のひとつである。

「おお！」

本間弥次郎《ほんまやじろう》も、声を上げた。弥次郎は、唐十郎と三間ほどの間合をとって対峙《たいじ》している。ふたりがいるのは、神田松永町《かんだまつながちょう》にある狩谷道場のなかだった。狩谷道場は、小宮山流居合を指南している。

唐十郎は、道場主であり父でもある狩谷桑兵衛《そうべえ》の嫡男《ちゃくなん》だった。まだ十六歳で、元服《げんぷく》して二年ほどしか経《た》っていない。

弥次郎はまだ二十代半《なか》ばだが、小宮山流居合の遣い手で、狩谷道場の師範代だった。

道場主の桑兵衛は、正面にある師範座所の脇で、唐十郎と弥次郎の稽古《けいこ》に目をやっている。

桑兵衛は三十代半ばで、腰の据わったがっちりした体軀をしていた。長年居合の稽古で鍛えた体である。

道場内には、唐十郎たち三人の他に門弟の姿はなかった。狩谷道場の門弟はわずかで、今日は誰ひとり稽古に姿を見せなかったのだ。

この時代（天保《てんぽう》年間）、江戸市中には剣術道場が少なくなかった。道場の多くが、竹刀《しない》で実戦さながらに打ち合う稽古を取り入れ、門弟たちを集めて隆盛《りゅうせい》を誇っていたのである。

ところが、狩谷道場には門弟が集まらなかった。居合の道場であり、竹刀で打ち合う稽古などやらなかったからだ。

竹刀で真剣勝負さながらに打ち合う稽古は、勝負の面白さに加え、己《おのれ》の上達の様子がはっきりと分かる。ところが、居合の稽古は、勝負の面白さもなければ、己の上達ぶりもなかなか自覚できない。

そうしたことに加え、狩谷道場では、道場主の桑兵衛が居合の指南だけでなく、依頼されて切腹の介錯《かいしゃく》をしたり、ときには刀の切れ味を試すために死体を斬ったりしていた。そうしないと、暮らしていけないし、桑兵衛は死体を斬ることも居合の稽古になるとみていたのだ。

小宮山流居合は抜刀の迅《はや》さに加え、真剣で人を斬るための間合や太刀《たち》捌《さば》きなどを大事にしていた。そのため、実際に真剣で人体を斬ることで、刀をふるう間合や太刀捌きなどを身につけようとしていたのだ。

「いくぞ！」

唐十郎は右手を刀の柄に添え、腰を沈めて居合の抜刀体勢をとり、素早い寄り身で弥次郎に迫った。

弥次郎は立ったまま、唐十郎の動きとふたりの間合を読んでいる。

唐十郎は居合の抜刀の間合に入るや否《いな》や、
タアッ！

と、鋭い気合を発して抜いた。

唐十郎の腰元から閃光が逆袈裟《ぎゃくけさ》にはしり、切っ先が弥次郎の胸元をかすめて空《くう》を切った。居合の一瞬の抜きつけの一刀である。

唐十郎は、切っ先が弥次郎の体に触れないだけの間をとって抜刀したのだ。一方、弥次郎も、唐十郎との間合から、切っ先がとどかないことを読んで、立ったまま動かなかったのである。

「唐十郎、本間、入身迅雷を会得《えとく》したようだな」

桑兵衛が笑みを浮かべて言った。

「まだまだです」

唐十郎が言った。弥次郎は桑兵衛に頭を下げただけで、黙っている。

「次は、入身右旋《いりみうせん》をやってみろ」

桑兵衛がふたりに声をかけた。

「はい!」

唐十郎は刀を鞘《さや》に納め、ふたたび弥次郎と対峙した。

唐十郎と弥次郎が稽古をしているのは、小宮山流居合の中伝十勢《ちゅうでんじっせい》だった。いずれも居合の技で、敵が己の正面、左右、背後、斜めの位置などにいる場合、あるいは歩行中の場合、さらに多数の敵に襲われたときなど、さまざまな状況を想定してある。

こうした点も、他の剣術とは違っていた。剣術の稽古は、お互い刀を向けあったときを想定して稽古するが、小宮山流居合はそれ以外にもさまざまな状況を想定した技が、工夫されているのだ。

小宮山流居合の中伝十勢は、入身迅雷の他に、入身右旋、入身左旋《させん》、逆風《ぎゃくふう》、水車《すいしゃ》、稲妻《いなずま》、虎足《こそく》、岩波《いわなみ》、袖返《そでがえし》、横雲《よこぐも》の九の技がある。

中伝十勢だけではない。中伝十勢を身につける前に、初伝八勢《しょでんはっせい》を身につけねばならないのだ。

そして、中伝十勢の先には、奥伝三勢《おくでんさんせい》がある。山彦《やまびこ》、浪返《なみがえし》、霞剣《かすみけん》からなり、小宮山流居合の奥義《おうぎ》といっていい。この奥伝三勢を身につけた者に、小宮山流居合の免許があたえられる。その他にも「鬼哭《きこく》の剣」と呼ばれる特殊な技があったが、小宮山流居合を継承している桑兵衛しか身につけていない。

唐十郎と弥次郎は、およそ三間ほどの間合をとって対峙すると、

「入身右旋、参る」

年下の唐十郎から声をかけた。

対して弥次郎は、刀の柄に右手を添えたまま立っている。

唐十郎は素早い動きで、弥次郎の右手にまわりこみ、左手に反転しざま抜刀した。

シャッというかすかな抜刀の音と同時に、閃光が袈裟にはしった。

咄嗟《とっさ》に、弥次郎は身を退いたが、唐十郎の切っ先は弥次郎の体と一尺（約三〇センチ）余の間を残して空を切った。弥次郎が身を退かなくても、とどかない間合から抜きつけたのである。

「若師匠、みごとです」

弥次郎が感心したように言った。

そこへ、桑兵衛が近寄ってきて、

「なかなかいい動きだが、もうすこし刀を抜くのを速くしろ」

と、唐十郎に指南した。

「はい！」

すかさず唐十郎は、「もう、一手」と弥次郎に声をかけた。

ふたりは、入身右旋の稽古をつづけた。しばらくして、唐十郎の顔に汗がつたうようになったとき、道場の戸口から入ってくる足音が聞こえた。

「だれか、来たようだ」

唐十郎が道場の戸口の方に目をむけた。

「入《へえ》りやすぜ」

戸口で、男の声がした。

「弐平《にへい》だ」

唐十郎は、その声に聞き覚えがあった。

貉《むじな》の弐平と呼ばれる岡っ引きである。弐平は小柄で、顔が妙に大きかった。その顔が貉に似ていることから、陰《かげ》で貉の弐平と呼ばれていた。

「何かあったかな」

唐十郎は、刀の柄に添えていた右手を下ろした。

3

弐平は道場内に入ってくると、唐十郎、弥次郎、桑兵衛の三人に目をやり、

「稽古をやってたんですかい」

と、首をすくめて言った。

弐平はどういうわけか、若いころ剣術の遣い手になりたいと思い立ち、江戸市中の剣術の道場をまわったが、町人であるために相手にされなかったという。それで、ようやく受け入れてくれた小宮山流居合の道場に入門したのだが、刀を抜いたり、鞘《さや》に

納めたりするだけの稽古が連日つづき、すぐに飽きてしまった。

稽古はやらなくなったが、弐平は今もなお狩谷道場に出入りしていた。桑兵衛が、弐平に仕事を頼むことがあったからだ。

桑兵衛は切腹の介錯や刀の試し斬りの他にも、討《う》っ手《て》や敵討《かたきう》ちの助太刀《すけだち》などを頼まれることがあった。そうした折、依頼者の言うことを鵜呑《うの》みにして相手を斬ったりすると、逆恨《さかうら》みを買ったり、下手《へた》をすると犯罪の片棒を担《かつ》ぐようなことにもなりかねない。それで、桑兵衛は頼まれた仕事に不審を抱いたとき、弐平に頼んで依頼者や相手の身分や素姓《すじょう》を調べてもらっていたのだ。

「弐平、何かあったのか」

桑兵衛が訊いた。

「大川端で、お侍《さむらい》がふたり斬られたんでさァ」

弐平が、桑兵衛たち三人に目をやって言った。

「斬られた者は、この道場とかかわりのある者か」

「あっしには、分からねえ」

「この道場で、見たことのある男か」

さらに、桑兵衛が訊いた。

「見たことはねえ」

「斬られたのは、道場とかかわりのない者らしいが……」

桑兵衛が、唐十郎と弥次郎に目をやった。

「辻斬りかもしれませんよ。大川端まで、見に行くことはないと思いますが」

弥次郎が言った。

「そうだな」

うなずいた桑兵衛は、弐平に目をやり、

「御用聞きなら、弐平が調べにいったらどうだ」

と、素《そ》っ気《け》なく言った。

「旦那、ふたりを斬ったのは、辻斬りや喧嘩《けんか》相手じゃァねえ。斬られたふたりは、お侍ですよ。それに、剣術の立ち合いとも、思えねえ。夜になって、何人もで立ち合いをするはずはねえからね」

「そうだが……」

桑兵衛も、剣術の立ち合いとは思えなかった。

「あっしが聞いた話だと、お侍は、頭を一太刀で、斬り割られていたそうですぜ」

「なに、頭を一太刀で斬り割られていただと」

桑兵衛の目が、ひかった。剣客《けんかく》らしい鋭い目である。

桑兵衛には心当たりこそなかったが、下手人《げしゅにん》は腕の立つ男とみた。頭を斬り割るとは、よほど特異な剣を遣うらしい。

「行ってみますか」

唐十郎が身を乗り出した。

「弐平、場所はどこだ」

桑兵衛が、訊いた。

「新大橋の近くでさァ」

「刀傷だけでも、見ておくか」

桑兵衛が言った。刀傷を見れば、下手人の腕のほどと刀法が分かる。それに、現場はそれほど遠方ではなかった。

桑兵衛、唐十郎、弥次郎の三人は、弐平につづいて道場を出た。四人は、神田松永町から表通りを南にむかい、神田川《かんだがわ》にかかる和泉橋《いずみばし》を渡った。渡った先は、柳原《やなぎわら》通りである。

桑兵衛たちは柳原通りを東にむかい、賑《にぎ》やかな両国広小路《りょうごくひろこうじ》を経《へ》て大川端に出た。

「こっちでさァ」

弐平が先に立って、大川端の道を川下にむかった。

いっとき歩くと、薬研堀にかかる元柳橋が見えた。その元柳橋を渡り、さらに川下にむかうと、前方に新大橋が見えてきた。通りの左手には大川が流れ、右手には武家屋敷が続いている。行き交うひとのなかに、武士が目立つようになってきたのも、武家屋敷が多くなったせいであろう。

「あそこでさァ」

弐平が、前方を指差して言った。

見ると、新大橋のたもと近くに大勢の人だかりができていた。遠目にも、武士が多いことが見てとれた。斬り殺されたのが、武士だからだろう。

桑兵衛たちが近付くと、大川の岸際にふたつの人だかりができていた。殺されたふたりの死体は、離れたところにあるらしい。

人だかりには通行人が多いようだったが、岡っ引きや下っ引き、それに近くの住人らしい者や風呂敷《ふろしき》包みを背負った行商人らしい男の姿もあった。

「八丁堀《はっちょうぼり》も、いやすぜ」

弐平が小声で言った。

人だかりのなかほどに、八丁堀同心らしい男の姿があった。八丁堀同心は、黒羽織《くろばおり》の裾《すそ》を帯に挟む、巻き羽織と呼ばれる独特の格好をしているので、すぐにそれと知れる。この辺りは八丁堀から近かったので、話を聞いて駆け付けたのだろう。

桑兵衛たちが人だかりの後方にいると、八丁堀同心はすぐに腰を上げて出てきた。

それを見た弐平が、桑兵衛に身を寄せ、

「八丁堀の旦那は、殺されているのが武士と見て、手を引くようでさァ」

と、声をひそめて言った。

八丁堀同心は、町人が起こした事件の探索や捕縛《ほばく》にあたるが、幕臣《ばくしん》はそれぞれの頭《かしら》が支配し、事件を起こせば、目付筋の者が探索にあたる。ちなみに、百姓《ひやくしよう》は代官の支配下にある。

「斬られたお侍を見てみやすか」

弐平が、桑兵衛たち三人に目をやって言った。

4

「前をあけてくんな」

弐平が十手《じつて》を手にして人だかりの後ろから声をかけると、野次馬《やじうま》たちが身を退いた。ただ、倒れている男のそばに屈《かが》んでいた三人の武士は、その場から動かなかった。弐平たちを見たが何も言わず、足元に横たわっている武士らしい男に目をやったままだ。

桑兵衛たち四人は、地面に倒れている武士の脇に立った。

「これは！」

思わず、唐十郎が声を上げた。

仰《あお》向《む》けになっている武士の頭が斬り割られ、辺りにどす黒い血が飛び散っていた。武士の顔は赭《あか》黒《ぐろ》く血に染まり、ひらいた傷口から割れた頭骨が覗《のぞ》いている。両眼をカッと見開き、口をあんぐりあけたまま死んでいた。凄《すさ》まじい形《ぎょう》相《そう》である。

「幹竹《からたけ》割《わ》りか！」

桑兵衛が言った。凄《せい》絶《ぜつ》な死体を目にし、桑兵衛の声がうわずっていた。唐十郎も弥次郎も、死体に目をやったまま声を失っている。

桑兵衛たち四人が、横たわっている死体に目を奪われていると、死体の脇に屈んでいた武士のひとりが、

「そこもとたちは」

と、桑兵衛たちに目をやって訊いた。

「通りすがりの者でござる」

桑兵衛が答えた。

「そうか」

武士は、つぶやいた後、

「そこもとは、この刀傷に見覚えがあるか」

と、小声で訊いた。

「心当たりは、ありません。真《ま》っ向《こう》から頭を斬り割ったのだと思いますが、腕の立つ者のようです」

桑兵衛が言うと、武士はうなずいただけで何も言わなかった。

桑兵衛たちはいっとき武士の死体に目をやっていたが、立ち上がり、もうひとつの人だかりに足をむけた。そこにも、殺された男が横たわっていたのだ。

弐平が先にたって人だかりを分け、大川の岸際に横たわっている男のそばに近寄った。こちらも武士だったが、まだ若く、着物も粗末《そまつ》だった。頭を斬られた武士の従者かもしれない。

武士は仰向けに倒れていた。正面から袈裟に斬られたらしく、肩口から胸にかけて小袖が裂《さ》け、血に染まっている。

「この男は」

桑兵衛が、横たわっている武士のそばに立っていた羽織袴姿の武士に目をやって訊いた。

「それがし、この男の名も身分も知らぬ」

武士が、素っ気なく言った。

桑兵衛はちいさくうなずいただけで、何も言わなかった。胸の内で、通りすがりの者らしい、と思った。

「この男を斬ったのは、向こうに倒れている男を斬った者とは、別人でしょうか」

弥次郎が、先に見た死体に目をむけて訊いた。

「別人だな。まるで、太刀筋が違う」

桑兵衛が断定するように言った。

そのとき、そばに立って話を聞いていた唐十郎が、

「すると、ふたりの下手人が、通りかかったふたりの武士を襲って斬ったことになります」

と、身を乗り出すようにして言った。

「何人いたか分からぬが、すくなくともふたりの下手人が、ここで死んでいるふたり

を斬ったとみていいな」

桑兵衛はそう言った後、

「斬ったふたりは、腕が立つ」

と、小声で言い添えた。

それから、桑兵衛たちは半刻（一時間）ほど、ふたりの武士が斬殺された現場にいたが、新たなことは分からなかった。

「道場に帰るか」

桑兵衛が、唐十郎たちに声をかけた。

桑兵衛たち三人は、弐平をその場に残し、狩谷道場にもどった。車座になって道場内で一休みした後、桑兵衛が、

「気になっていることがある」

と、唐十郎と弥次郎に目をやって言った。

「何が気になっているのです」

弥次郎が訊いた。

「ひとりの武士は、頭を斬り割られていたな」

桑兵衛が、目をひからせて言った。

弥次郎と唐十郎は、桑兵衛を見つめたままうなずいた。

「一太刀で、頭を斬り割っている。尋常《じんじょう》な剣ではないぞ」

桑兵衛の顔が、いつになく厳しかった。

「おれが、やってみる」

桑兵衛は刀を手にして立ち上がった。

唐十郎と弥次郎は、桑兵衛に近付いて道場の床に座した。

桑兵衛は腰に大刀を帯びると、ゆっくりとした動きで抜刀し、大上段に振りかぶった。

「頭を斬り割った武士は、上段に構えたはずだ」

桑兵衛が、つぶやくような声で言った。

唐十郎と弥次郎は、無言のまま桑兵衛を見つめている。

「この構えから、武士は真っ向へ斬り下ろした」

言いざま、桑兵衛は上段から斬り下ろした。

桑兵衛は手の内を絞り、真っ向へ斬り下ろした刀を途中でとめた。

「おそらく、上段から真っ向へ斬り下ろしただけの太刀であろう。……だが、それが

稲妻のように迅く、鋭い。下手に受けようとすれば、受けた刀ごと押し下げられて頭

を割られる」

桑兵衛が言った。

「受けた刀ごと、押し下げられて斬られる!」

思わず、唐十郎が声を上げた。

「それほど迅く、強い斬り込みとみていい」

桑兵衛は、手にした刀を鞘に納めた。

「その武士と、立ち合うことになったら、どうすればいいのですか」

唐十郎が訊いた。

「受けるのも躱《かわ》すのも難しい。切っ先のとどかない場まで、身を退くしかないな」

桑兵衛が、つぶやくような声で言った。

5

唐十郎たちが、大川端までふたりの死体を見にいった五日後だった。唐十郎と弥次郎は狩谷道場で中伝十勢の技のひとつ、水車の稽古をしていた。

対峙するふたりの間合は、およそ三間。

不意に、唐十郎が刀の柄に手をかけて腰を沈めた。

対する弥次郎は、刀の柄に右手を添えたが、立ったまま抜刀の気配も見せない。

「いきます！」

唐十郎が声をかけ、居合の抜刀体勢をとったまま摺《す》り足《あし》で弥次郎に迫った。

それでも弥次郎は、立ったまま動かない。

唐十郎は一足一刀の斬撃の間境に迫ると、タアッ！　と鋭い気合を発して抜刀した。刀身の鞘走《さやばし》る音がし、切っ先が大きな弧《こ》を描き、弥次郎の頭頂を襲った。まさに、水車が回転するような刀身の動きである。

弥次郎はわずかに身を退いて、唐十郎の切っ先を躱したが、抜刀体勢をとったままである。

唐十郎は素早い動きで納刀《のうとう》し、ふたたび居合の抜刀体勢をとった。

師範座所の脇で唐十郎と弥次郎に目をむけていた桑兵衛が、

「ふたりとも、いい動きだ」

と、声をかけた。

「次は、籠手《こて》を狙《ねら》ってみます」

唐十郎が言った。水車にも、いろいろな太刀捌きがあり、抜刀した後、切っ先の描く弧をちいさくして、敵の頭ではなく籠手を狙うこともあったのである。

ふたたび、唐十郎が弥次郎と対峙したときだった。

道場の戸口に近寄る何人かの足音が聞こえた。門弟たちではないようだ。

唐十郎は柄に添えた右手を離し、

「だれか、来たようです」

と言って、戸口の方に目をむけた。

「お頼み申す！」

戸口で、男の声がした。

「見てきます」

弥次郎が、戸口にむかった。

待つまでもなく、弥次郎はふたりの武士を道場内に案内してきた。ふたりとも羽織袴姿だった。大刀を鞘ごと抜いて手にしている。

ふたりの武士は、師範座所の近くに立っている桑兵衛の前まで歩み寄った。

「狩谷桑兵衛どのでござろうか」

と、年配の武士が誰何《すいか》した。

「いかにも、狩谷桑兵衛にござる」

桑兵衛が名乗ると、

「それがし、上州安中《じょうしゅうあんなか》に領地のある松崎藩《まつざきはん》の者で、名は唐沢松右衛門《からさわまつえもん》にござる」

すぐに、年配の武士が名乗った。

唐沢の脇に座した武士が、「西山藤五郎《にしやまとうごろう》にございます」と名乗った。西山は、二十代半ばらしかった。眼光が鋭く、身辺に隙がなかった。剣の遣い手らしい。

「松崎藩でござるか」

桑兵衛は松崎藩の名だけは聞いたことがあったが、領地がどこにあり、何万石の大名かは知らなかった。

「そうです。折り入って、狩谷どのに願いの筋があって参ったのです」

唐沢が言った。

「お話しくだされ」

「実は、藩士のひとりが大変な過《あやま》ちを犯し、切腹を命じられたのです。ところが、江戸の藩邸には、切腹の介錯をできる者がおりません。聞くところによると、狩谷どのは切腹の介錯を何度もなさったことがあるとか」

そう言って、唐沢はあらためて桑兵衛に目をむけた。

介錯の経験がある者がいるかどうかはともかく、介錯そのものを嫌がって藩士のなかに承知する者がいないのだろう。失敗すれば、介錯人の立場はないし、切腹者の家族や親戚縁者には恨《うら》まれるのだ。

「それがしは、何度か切腹の介錯をしたことがございます。介錯も剣の修業と心得ておりますゆえ」

桑兵衛が言った。

「それは、心強い。狩谷どの、藩邸内での切腹の介錯をしていただけようか」

唐沢が、松崎藩の上屋敷は神田小川町《おがわまち》にあり、五万石の大名であることを話した。

「心得ました。それで、いつ」

「三日後でござる。五ツ（午前八時）ごろ、藩の者が表門の前でお迎えいたします」

「介添《かいぞ》え役として、ここにいるふたりを同行したいのだが」

桑兵衛が、唐十郎と弥次郎に目をやって言った。

「承知しました」

唐沢が言うと、西山が、

「それがしが、門前にてお待ちしております」

と、小声で言い添えた。

桑兵衛、唐十郎、弥次郎の三人は、道場の戸口まで唐沢と西山を送りだした。

桑兵衛たち三人が道場にもどるなり、

「松崎藩の噂《うわさ》を何か聞いているか」

すぐに、桑兵衛が訊いた。

「いえ、聞いてません」

唐十郎が首を振ると、弥次郎もうなずいた。

「相手が、大名家だからな。わしらを騙《だま》すようなことはあるまいが……。切腹をする藩士は大変な過ちを犯したと言っていたが、何をしたかだけでも知りたい」

桑兵衛は切腹の介錯をするときは、切腹する理由を知っておきたかった。犯罪者ならともかく、藩主や上司のそのときの気分や好き嫌いで、さしたる理由もなく切腹を命じられたのであれば、何か理由をつけて介錯を断ることにしていた。後味が悪いだけでなく、金のために罪のない者の首を落としたことになり、後悔の念にとらわれるだろう。

「また、弐平に頼みますか」

唐十郎が訊いた。

切腹の介錯を依頼されたとき、事前に弐平に頼んで依頼者と切腹者のことを探ることが多かった。弐平は岡っ引きだったので、そうしたことに慣れていたのだ。

「念のため、弐平に頼んでくれ」

桑兵衛が言った。

「すぐ、頼みに行きます」

唐十郎が立ち上がった。弐平は、狩谷道場のある神田松永町に住んでいたのだ。

6

その日は、曇天《どんてん》だった。

朝のうちに、桑兵衛、唐十郎、弥次郎の三人は、狩谷道場を出た。道場の近くで、弐平が待っていた。

「弐平、腹を切る者が何をしたか知れたか」

桑兵衛が訊いた。

「知れやした。ただ、噂なんで、はっきりしたことは分からねえ」

弐平が言った。

「話してくれ」

「国元で、勘定奉行《かんじょうぶぎょう》を斬って江戸に逃げてきた藩士が三人いるそうでさァ。つかまったのは、その三人に味方した江戸詰の藩士のようですぜ」

「三人は、勘定奉行を斬って出奔《しゅっぽん》したのか。それだけの大罪《たいざい》を犯した者たちに味方したのなら、切腹もやむをえないな」

切腹の沙汰《さた》を下したのには、それだけの理由があるようだ、と桑兵衛は納得した。

「切腹を命じられた藩士の名は、分かるか」

桑兵衛は、まだ名を知らなかったのだ。

「上村浅之助《かみむらあさのすけ》と聞きやした」

「上村な」

桑兵衛は、上村浅之助の名を聞いた覚えはなかった。

「ところで、弐平はどうする。松崎藩の屋敷に入ることはできないぞ」

歩きながら、桑兵衛が言った。

「分かってやすよ。あっしは、屋敷の外で聞き込んでみやす」

弐平によると、松崎藩の上屋敷の近くには、大身《たいしん》の旗本屋敷や他の大名の屋敷があり、若党や中間《ちゅうげん》などが通りかかるので、松崎藩の噂を耳にすることができるだろうという。

「無理をするな。相手は、大名家だぞ」

「噂話を聞くだけでさァ」

弐平が首をすくめた。

桑兵衛たちは神田川沿いの通りに出ると、西に足をむけた。そこから、松崎藩の上屋敷のある神田小川町まで遠くなかった。

桑兵衛たちは神田川にかかる昌平橋《しょうへいばし》を渡ると、人通りの多い八《や》ツ小路《こうじ》を抜け、表通りを西にむかって歩いた。いっときすると、大名家の上屋敷のつづく通りに出た。その通りをしばらく歩くと、松崎藩の上屋敷のある小川町に入った。

通り沿いには、大名家の屋敷や大身の旗本屋敷などが並んでいた。行き交うひとも、供連れの武士が多かったが、なかには弐平が言った通り中間や旗本に仕《つか》える若党らしき男の姿もあった。

小川町に入っていっとき歩くと、弐平が路傍《ろぼう》に足をとめ、

「あれが、松崎藩のお屋敷ですぜ」

と言って、斜向《はすむ》かいにある大名屋敷を指差した。

五万石なので、それほど豪壮な屋敷ではなかった。表門の両側に足軽長屋がつづき、その先には築地塀もあった。

「唐沢どのと、西山どのです」

唐十郎が表門を指差して言った。

見ると、表門の脇に唐沢と西山が立っていた。唐沢も自ら、桑兵衛たちが来るのを待っていたらしい。

「あっしは、これで」

弐平は、桑兵衛たち三人から離れた。上屋敷の近くを歩いている中間をつかまえて話を聞くつもりなのだろう。

桑兵衛、唐十郎、弥次郎の三人は、足早に表門にむかった。

「遠路、ごくろうでござる」

唐沢がそう言い、桑兵衛たち三人を表門の脇のくぐりからなかに入れた。

表門の先の屋敷には玄関があったが、唐沢と西山は玄関の前を通り過ぎ、屋敷の左手奥にある庭へ桑兵衛たちを連れていった。

築地塀沿いに、松、紅葉《もみじ》、梅などが植えられ、ちいさな池もあった。屋敷の前に、白い幔幕《まんまく》が張られている。

「そこが、切腹の場でござるか」

桑兵衛が、幔幕を指差して訊いた。

「そうです。朝のうちに用意しました。見ていただけますか」

唐沢が桑兵衛たちを幔幕のそばまで連れていき、幕を張っていない出入り口からなかに入れた。

地面に砂がまかれ、縁《ふち》なしの畳が二枚敷いてあった。その畳に、切腹者が座すのである。切腹者が座す背後には四枚折りの白屏風《しろびようぶ》が置かれ、正面の先には屋敷内の座敷が見えた。その座敷に、上屋敷にいる藩の重臣が座るのであろう。

また、両側の幔幕の近くに茣蓙《ござ》が何枚も敷いてあった。藩邸内にいる藩士たちが座る場らしい。

「今日は、江戸におられる御家老の浅川利長《あさかわとしなが》さまと年寄の長野忠之助《ながのただのすけ》さまが、座敷からお見届けになる」

唐沢が言った。年寄は他藩の場合家老にあたるという。松崎藩の場合も、年寄は家老に次《つ》ぐ重職だった。

「心得ました」

やはり、藩主は江戸の藩邸にいないようだ、と桑兵衛は思った。藩主が藩士の切腹を見るかどうかは別にして、藩主が藩邸内にいれば、唐沢の口から藩主のことが出たはずである。

「何か、ご用意する物がありますか」

唐沢が訊いた。

「水を入れた桶《おけ》と柄杓《ひしゃく》を用意していただきたい」

桑兵衛が言った。

「心得ました」

すぐに、唐沢が脇にいた西山に桶と柄杓を用意するよう伝えた。

西山がその場を離れると、

「狩谷どのたちが、支度《したく》をされる部屋を用意してあります」

唐沢はそう言って、桑兵衛たちを屋敷に連れていった。

唐沢が案内したのは、庭に面した座敷から二部屋離れた奥の座敷だった。ひっそりとして、近くにひとのいる気配がなかった。桑兵衛たちが気を遣わないように、家臣たちは離れた部屋にいるのだろう。

「御屋敷に、藩主はおられないのですか」

桑兵衛が小声で訊いた。

「殿は参勤で国元に帰っておられます」

唐沢によると、藩主の名は藤山高利《ふじやまたかとし》で、半年ほど前、参勤で国元に帰ったという。

「そうですか」

藩主はいない方がいい、と桑兵衛は胸の内でつぶやいた。

7

「狩谷どの、支度はできましたか」

障子《しようじ》の向こうで、唐沢の声がした。

「できました」

桑兵衛が答えた。支度といっても簡単である。桑兵衛は襷《たすき》で両袖を絞り、袴の股《もも》だちをとり、介錯に使うために腰に帯びてきた名刀の備前祐広《びぜんすけひろ》に刃こぼれがないか念のため確かめただけである。祐広に刃こぼれはなく、見る者を引き込むような清澄《せいちよう》なひかりを放っていた。

唐十郎と弥次郎は小刀だけを腰に帯び、襷で両袖を絞り、袴の股だちを取った。ふたりは介添え役だが、これといった仕事はない。桑兵衛のそばにいて世話をしたり、万一、切腹者が逃げようとしたり、暴れ出したりしたら、ふたりで取り押さえ、首を斬り落とす手伝いをするのだ。

唐沢の案内で、桑兵衛たち三人は庭に出ると、白い幔幕でかこわれた切腹の場に入った。すでに、二十人ほどの藩士が両脇に敷かれた茣蓙に座していた。唐十郎たちが入っていくと、聞こえていた私語がやみ、藩士たちの顔が桑兵衛たちにむけられた。

桑兵衛たち三人は、唐沢の案内で白屏風が立てられた切腹の場の近くに行き、置かれていた床几《しょうぎ》に腰を下ろした。近くに、水の入った桶と柄杓が置いてあった。桑兵衛が、西山に頼んだ物である。

「ここで、お待ちくだされ」

そう言い残し、唐沢はその場を離れた。

桑兵衛たちが床几に腰を下ろしていっときすると、正面の座敷に数人の武士が姿を見せた。藩邸内にいた江戸家老や用人などの重臣たちであろう。再び庭がざわつき始めた。

屋敷の近くにいた唐沢は、重臣たちに近付いて何やら話していた。おそらく、桑兵衛たちのことやこれから行われる切腹の手順などを説明しているのだろう。

唐沢はすぐに桑兵衛たちのいる場にもどり、

「そろそろ、腹を切る上村浅之助がまいります」

と、小声で伝えた。

それからいっときすると、幔幕の向こうで何人かの足音が聞こえ、幔幕の脇から三人の男が姿を見せた。

羽織袴姿のふたりの武士が、白装束《しろしょうぞく》の武士の両腕を取り、切腹の場に近付いてきた。白装束の武士が、上村浅之助であろう。

三人の武士が姿を見せると、莫蓙に座していた藩士たちの視線が、三人の武士にむけられた。

切腹の場は水を打ったように静まった。三人の歩く足音だけが、妙に大きく聞こえる。

上村はふたりの武士に腕を取られ、引《ひ》き摺《ず》られるように切腹の場に近付いてきた。そして、畳の敷かれた切腹の場まで来ると、ふたりの武士が、正面の座敷にいる重臣たちに頭を下げてから、上村を切腹の場に座らせた。

上村が座ると、白い幔幕の間から、もうひとり別の武士が姿を見せ、足早に切腹の場にむかった。武士は、白木《しらき》の三方《さんぽう》を手にしていた。三方には、切腹に使われる九寸ほどの脇差《わきざし》が載せてある。

武士は三方を上村の膝先《ひざさき》に置くと、すぐにその場を離れた。脇差を目にした上村の体の顫えが激しくなった。

「いくぞ」

桑兵衛が、唐十郎と弥次郎に声をかけた。桑兵衛は手にしていた備前祐広を腰に帯びている。

唐十郎と弥次郎は、小刀だけを腰に差して桑兵衛につづいた。

桑兵衛たちが切腹の場に近付くと、藩士たちがかすかに息をのむ音が聞こえた。

桑兵衛は切腹の場の脇まで行くと、足をとめ、正面の座敷にいる重臣たちに一礼してから、水桶のそばに立った。そして、祐広を抜くと、刀身を桶の脇にむけた。

水桶の脇に屈んでいた唐十郎が、柄杓で水を汲《く》み、刀身にゆっくりとかけた。水は刀身をつたい、切っ先から糸のようになって流れ落ちる。

唐十郎がかけ終わると、桑兵衛は刀身を振って水を切った。そして、祐広を手にしたまま座している上村の脇に立った。

上村は桑兵衛に顔をむけたが、無言だった。体が顫え、顔が紙のように青褪めている。

「上村どの、潔《いさぎよ》く腹を召されよ」

桑兵衛はそう声をかけ、手にした刀の刀身を上村の胸の辺りにむけ、

「これなるは、備前祐広にございます」

と、刀鍛冶《かたなかじ》の名を告げた。

桑兵衛は介錯のおり、切腹する者に刀鍛冶の名を告げることにしていた。腹を切る者が名刀で斬られたことを知れば、多少の慰《なぐさ》めになると思っていたからだ。

上村は桑兵衛に顔をむけたが、何も言わなかった。顔はますます青褪め、体はなおも顫えている。

「上村どの、支度をされよ」

桑兵衛が小声で言った。

すると、上村は震える手で肩衣《かたぎぬ》をはね、両襟《りようえり》をひろげて腹を露《あら》わにした。そして、右手を伸ばして、三方の上に置かれた脇差をつかんだ。

これを見た桑兵衛は、手にした祐広をゆっくりと上げ、八相《はっそう》に構えた。

上村は脇差を抜き、鞘を三方の上に置くと、切っ先を左の脇腹にむけた。上村の手にした脇差がびくびくと震えている。

脇差の切っ先が、上村の左腹に触れた。刹那《せつな》、桑兵衛の祐広が一閃《いっせん》した。

かすかな骨音がし、上村の首ががっくりと前に落ちた。切断された首から血が、赤い筋になって噴出《ふんしゅつ》する。

血の筋は、心《しん》ノ臓《ぞう》の鼓動に合わせて三度飛び、後は首根から赤い筋になって流れ落ちるだけになった。その血の流れも、すぐにとまった。首のない上村は、端座《たんざ》した恰《かっ》好《こう》のまま死んでいた。

桑兵衛は、屋敷の座敷に端座している重臣たちに頭を下げると、刀身を唐十郎の前に差し出した。

重臣たちも、切腹の場近くに居並んだ藩士たちも、誰ひとり口をひらかず、水を打ったように静まりかえっている。

唐十郎はすぐに柄杓で水を汲み、桑兵衛が差し出した刀身にかけた。刀身についた血を洗い流したのである。

桑兵衛は刀身を振って水を切ってから、刀を鞘に納めた。

そのとき、唐沢が桑兵衛のそばに来て、

「みごとな介錯、感服いたしました」

と、声をかけた。

「いや、上村どのが、作法どおり腹を召されたからです」

桑兵衛は、切腹者を貶《おとし》めるようなことは決して口にしなかった。それも、介錯人の仕事のうちだと思っていたのだ。

「後の始末は、藩の者がいたします。狩谷どのたちは、ひとまず座敷で休んでくだされ」

そう言って、唐沢は桑兵衛たちを屋敷に連れていった。案内したのは、桑兵衛たちが支度した奥の座敷である。

8

「しばし、ここでお待ちくだされ。酒の用意をいたします」

そう言い残し、唐沢は座敷から出ていった。

依頼されて切腹の介錯をした後、酒肴《しゅこう》の膳を出されるのはめずらしいことではなかった。切腹にかかわった者や介錯人などには、血の汚れを酒で洗い流したい、という気持ちがあるのだ。

桑兵衛たちが着物を着替えて座敷で待っていると、廊下をせわしそうに歩く足音がした。障子があいて、唐沢が姿を見せた。

「膳の用意ができました。ご同行くだされ」

唐沢が笑みを浮かべて言った。藩士の切腹を目《ま》の当《あ》たりにした緊張は、いくぶんやわらいだようだ。

唐沢が桑兵衛たちを連れていったのは、屋敷の奥の座敷だった。五人の武士が、酒肴の膳を前にして座していた。床《とこ》の間《ま》を背にして座敷から切腹の様子を見ていた重臣がふたり、ふたりの左手に三人の武士が居並んでいる。

「こちらへ」

唐沢は、右手に並べられた膳に、桑兵衛たち三人を座らせると、自分は左手に座していた三人の脇に腰を下ろした。

すると、正面に座していた初老の武士が、

「江戸家老の浅川利長でござる」

と、名乗った。

つづいて、浅川の脇にいた痩身の武士が、

「それがし、年寄の長野忠之助です」

と、小声で言った。

左手に座していた三人は、それぞれ有馬《ありま》勝造《かつぞう》、丹波《たんば》英次郎《えいじろう》、平松《ひらまつ》左之助《さのすけ》と名乗っただけで、身分は口にしなかった。

「今日の介錯、感服したぞ。……まず、労をねぎらおう」

浅川がそう言って、膳の上の猪口《ちょこ》を手にすると、脇に座していた長野は銚子《ちょうし》を手にして酒を注《つ》いだ。

浅川が猪口の酒を飲み干すのを見てから、その場にいた他の藩士たちも、互いに猪口に酒を注ぎあって飲み始めた。

桑兵衛たち三人も、互いに酒を注ぎ合って喉を潤《うるお》した。

いっとき、男たちが酒を飲んでから、

「酔わぬうちに、狩谷どのたちに礼を渡しておこう」

浅川が言うと、すぐに唐沢が立ち上がった。

唐沢は座敷から出ていったが、いっときすると袱《ふく》紗《さ》包みを手にして戻ってきた。そして、桑兵衛の脇に座すと、

「これは、今日の介錯の礼でござる」

と言って袱紗包みを膝先に置いた。

「かたじけない」

桑兵衛はちいさく頭を下げてから、袱紗包みを手にした。切《き》り餅《もち》が四つ包んであるようだ。切り餅は、一分銀《いちぶぎん》を百枚、紙で方形に包んだものである。一分銀四枚で一両なので、切り餅ひとつが二十五両。四つで百両ということになる。

切腹の介錯の礼金として、百両はそれほど多額ではなかった。失敗は許されない役であり、切腹者の首を落とすのを好む者はいない。百両でも、敬遠する者が多いはず

だ。

桑兵衛は袱紗包みを懐に入れたが、唐沢はその場に座したまま動かなかった。

すると、浅川が左手に座している三人の藩士に目をやり、

「有馬から話してくれ」

と、指示した。

「実は、今日藩邸にお見えになった狩谷どのたちの力を借りたいのだ」

有馬が言った。

「どのようなことでござる」

「これは表沙汰にできぬことだが、三人の藩士が国元から出奔したのだ。詳しいことは今話せないが、上役を斬って逃走したらしい。その三人が江戸に出て、江戸詰の藩士の町宿《まちやど》に草鞋《わらじ》を脱ぎ、悪事を働いているらしいのだ。本日腹を召された上村は、この者らに味方していた」

有馬が眉を寄せて言った。そのことは弐平からすでに聞いて知っていたが、桑兵衛は黙っていた。

町宿というのは、藩邸内に入りきれなくなった藩士が住む江戸市中の借家のことである。

「その三人は剣の腕が立つこともあって、通りすがりの武士に他流試合を挑んで斬り殺し、金品を奪っているのだ」

「過日、大川端で、幕臣と供《とも》の者が何者かに斬り殺されたのだが、その殺しはいま話にあった三人がかかわっているのではないか」

腕の立つ者と聞いて、桑兵衛が、身を乗り出すようにして訊いた。

唐十郎と弥次郎も、有馬を見つめている。

「その話は、藩士から聞いている。はっきりしないが、下手人は国元から出奔した三人かもしれない」

有馬はそう言った後、いっとき間を置き、

「いずれにしろ、その三人を、町奉行所の者たちより早く、藩の手で捕らえねばならないのだ。町方の手で捕らえられ、わが藩の者であることが知れれば、藩の恥ではすまず、幕府から何らかの沙汰があるかもしれない」

有馬は口にしなかったが、藩の取《と》り潰《つぶ》しはともかく、領地の一部を没収されるようなことになるかもしれない。

「むろん、江戸詰の藩士たちの手で、出奔した三人の行方《ゆくえ》を探っているが、なかなか居所がつかめないのだ」

「それで、われらに何をせよと」

桑兵衛が訊いた。

「三人の行方をつきとめ、始末するために手を貸してもらいたい」

有馬が言うと、正面に座していた浅川が、

「狩谷どの、手を貸してもらえまいか」

と、桑兵衛を見つめて言った。

すぐに、有馬が新たに懐から袱紗包みを取り出し、

「ここに、二百両、用意いたした」

そう言って、桑兵衛の膝先に袱紗包みを置いた。切り餅が二百両分包んであるらしい。

「承知した。それがしだけでなく、一門の者たちも三人の行方をつきとめ、討ち取るために尽力《じんりょく》いたそう」

桑兵衛は、膝先の袱紗包みに手を伸ばした。一門の者といっても、桑兵衛といっしょに松崎藩のために動くのは、唐十郎と弥次郎だけである。

第二章　囮《おとり》

1

唐十郎と弥次郎は、真剣を遣《つか》っていっとき素振りをした後、道場の隅に巻《ま》き藁《わら》を立てた。巻き藁を敵とみたてて斬るのである。ただ、稽古の度《たび》に用意することはできないので、滅多《めった》に巻き藁を使っての稽古はしない。

「若師匠、先に巻き藁を斬ってください」

弥次郎が言った。

「先に斬らせてもらうぞ」

唐十郎は、巻き藁を前にして言った。

道場内には、唐十郎と弥次郎しかいなかった。桑兵衛は裏手にある母屋《おもや》にもどっていた。門弟たちの姿もなかった。このところ唐十郎たちが道場を留守にすることが多かったこともあって、誰も稽古に来ていなかったのである。もっとも、門弟といっても名ばかりで、ちかごろは姿を見せないことが多い。

「行きます！」

唐十郎は一歩踏み込み、鋭《するど》い気合とともに抜刀《ばっとう》し、袈裟《けさ》に斬り込んだ。

バサッ、と音がし、巻き藁の人の首の高さほどの場所が斜《はす》に裂《さ》けて落ちた。藁屑《わらくず》はほとんど落ちなかった。

「見事です」

弥次郎が言った。

「次は、師範代がやってくれ」

唐十郎は年上の弥次郎を呼び捨てにできないので、師範代とか本間どのと呼んでいた。

「やってみます」

弥次郎は巻き藁の前に立つと、「胴を狙って、斬ってみる」と言って、踏み込んだ。

弥次郎は鋭い気合とともに、手にした刀を横に払った。

巻き藁が横に裂けて、半分ほどが道場の床に落ちた。切断された場所は、人の腹部ほどの高さである。

「巻き藁を斬るのは、これまでだな」

唐十郎が言った。

巻き藁は稽古する前に三本用意したが、三本とも使い果たしたのである。

唐十郎と弥次郎が巻き藁を片付け始めたとき、道場の戸口で足音が聞こえた。

「狩谷の旦那、いやすか」

弐平らしい。いつになく、大声で昂《たかぶ》ったひびきがあった。何かあったらしい。

「弐平、入ってこい」

弥次郎が声をかけた。

すぐに、道場の土間から板間に上がる足音がし、板戸があいた。姿を見せた弐平は、

「また、殺《や》られやしたぜ！」

と、唐十郎と弥次郎に目をやって言った。顔が紅潮《こうちょう》し、汗がひかっていた。急いで来たのだろう。

「だれが、殺られたのだ」

弥次郎が訊《き》いた。

「今度は、大店《おおだな》の旦那と手代でさァ。大金が奪われたようですぜ」

「押し込みか」

「そうじゃァねえ。ふたりを斬り殺したのは、二本差しですぜ。遠くから、ふたりを殺した男を見たやつがいるんでさァ。……下手人《げしゅにん》は、ふたり組の二本差しにまちげえねえ」

弐平が、声高《こわだか》に言った。

「場所はどこだ」

唐十郎が訊いた。

「汐見橋《しおみばし》の近くでさァ」

「浜町堀《はまちょうぼり》にかかる橋だな」

「そうで」

「父上に知らせてくる」

唐十郎はすぐに道場の裏手から出て、母屋にいる桑兵衛に知らせた。

桑兵衛も話を聞くと、「すぐ、行く」と言って、母屋を出た。桑兵衛の胸に、松崎藩の国元から出奔《しゅっぽん》した三人の藩士のことが過《よぎ》った。三人のうちのふたりが、手にかけたのではあるまいか。

唐十郎、弥次郎、桑兵衛の三人は、弐平とともに浜町堀にむかった。

唐十郎たちは神田川にかかる和泉橋を渡ると、柳原通りを東にむかった。そして、豊島町《としまちょう》まで来ると、右手の通りに入った。通りを南にむかい、しばらく歩くと浜町堀沿いの道に出た。

浜町堀沿いの道をさらに南にむかうと、前方に汐見橋が見えてきた。

「あそこですぜ」

弐平が、前方を指差して言った。

汐見橋のたもと近くに、人だかりができていた。遠目にも、町人だけでなく武士の姿が見てとれた。

唐十郎たちは足を速めた。人だかりは、二か所にできていた。橋のたもと近くと、すこし離れた岸際である。橋のたもと近くに集《つど》っているひとが多かった。そこには、八丁堀同心や岡っ引きらしい男の姿もあった。

唐十郎たちは、橋のたもとの人だかりに近付いた。ちかくにいた職人ふうの男に、

「殺されたのは、だれか分かるか」

と、桑兵衛が訊いた。

「呉服屋の旦那と、手代のようですぜ」

職人ふうの男が、声をひそめて言った。

「やはり、殺されたのは町人か」

桑兵衛は、松崎藩の者なら武士を斬ったのではないかという思いもあったが、弐平の言うとおり、町人が殺されたらしい。

「金を奪ったようでさァ」

職人ふうの男が言い添えた。

「殺された男を見てみるか」

桑兵衛は、集っている野次馬たちを分けるようにして前に出た。唐十郎、弥次郎、弐平の三人が、桑兵衛の後につづいた。

黒羽織《くろばおり》に小袖姿の男が、俯《うつぶ》せに倒れていた。商家の主人らしい身装《みなり》である。倒れている男の周囲に、赭黒《あかぐろ》い血が飛び散っていた。胸の辺りから、出血したらしい。

倒れている男の羽織が、肩から胸にかけて裂けていた。下手人は、殺された男の正面から袈裟に斬り下ろしたらしい。下手人は腕の立つ男らしく、一太刀で仕留《しと》めたようだ。武士とみていい。相手が町人であっても、正面から一太刀で仕留めるのはむずかしい。剣の腕が立ち、斬殺の経験のある者だろう。

倒れている男の脇に、八丁堀同心がいた。屈《かが》んで、被害者の傷を見ている。

桑兵衛は、倒れている男の周囲に目をやった。集っている者たちのなかに武士が何人かいたので、見知った者がいるか確かめたのである。

だが、見覚えのある者はいなかった。松崎藩の藩邸で見掛けた顔もなかった。集っているのは、通りすがりの武士が多いようだ。

「もうひとり、手代が殺されたようだが、見てみるか」

桑兵衛たちは、すこし離れたところにできている人だかりに近付いた。そこは堀の岸際だった。八丁堀同心の姿はなかったが、岡っ引きや下っ引きが何人もいた。殺された手代を見ているようだ。

桑兵衛たちは人だかりを分けて、岸際に近付いた。

桑兵衛は倒れている男を目にし、

「こ、これは！」

思わず、声を上げた。

男は仰向けに倒れていた。頭が斬り割られている。顔が血に染まり、カッと見開かれた両眼が、赭黒い血のなかに浮き上がっているように見えた。傷口がひらき、斬り割られた頭蓋骨《ずがいこつ》が覗《のぞ》いている。

「同じだ！」

桑兵衛が、目を剝《む》いて言った。大川端で見た男の傷と同じだった。下手人は、同一人である。

唐十郎たち三人も、息を呑《の》んで無残な死体を見つめている。死体のまわりに集っている岡っ引きや下っ引きの会話から、殺された呉服屋の旦那が久兵衛《きゅうべえ》で、手代が吉次郎《きちじろう》であることが知れた。

2

唐十郎は、背後で「狩谷どの」と呼ぶ声を聞いて振り返った。人だかりの後方に、ふたりの武士が立っていた。

ふたりの顔に見覚えがあった。切腹の介錯をした後、藩邸の座敷で酒肴《しゅこう》の膳を前にしているとき、江戸家老の浅川の左手に座していた有馬と丹波である。

「そこもとたちとは、先日、お会いしたな」

桑兵衛が言った。咄嗟《とっさ》に、名が出なかったらしい。

「有馬勝造でござる」

ひとりが名乗った。

「それがしは、丹波英次郎です」

もうひとりが名乗った後、ふたりは桑兵衛たちのそばに身を寄せた。

「町人がふたり斬られたと耳にし、もしやと思い、来てみたのだ」

有馬が、声をひそめて言った。

「下手人が何者かは分からないが、武士であることはまちがいない。それに、頭を斬り割った太刀筋《たちすじ》から見て、下手人は以前大川端でふたりの武士を斬った者だ」

桑兵衛は断定した。

「やはりそうか」

有馬が虚空《こくう》を睨《にら》むように見据《みす》え、「狩谷どのたちの耳に、入れておくことがある」と言って、桑兵衛、唐十郎、弥次郎の三人を、近くにひとのいない浜町堀の岸際に連れていった。

弐平だけが人だかりのなかに残り、集っている男たちのやり取りを耳にしていた。下手人のことで何か知れることがあるか、盗み聴きしているようだ。

「過日話した国元から出奔した三人のなかに、先崎弥五郎《せんざきやごろう》という剣の遣い手がいる。この男、稲妻落《いなずまお》としと称する特異な技を遣う」

有馬が言った。

「稲妻落としだと。どのような技だ」

桑兵衛が、有馬に身を寄せて訊いた。唐十郎と弥次郎も、聞き耳を立てている。

「上段から真っ向へ斬り下ろし、相手の頭を斬り割るのだ。それが、稲妻のように迅《はや》く、鋭い」

有馬が昂った声で言った。

「まちがいない。ここで死んでいる手代は、稲妻落としなる技で、頭を斬り割られたのだ。大川端で頭を斬られた武士も、先崎という男の手にかかったとみていい。やはり、頭を斬り割られていた」

　桑兵衛が、確信をもって言った。

「われらも、そうみている」

　有馬はそう言った後、いっとき虚空を睨むように見据えていたが、

「先崎が、稲妻落としで町人を斬ったとなると、これまでの見方を変えねばならない」

　と、眉《まゆ》を寄せて言った。

「見方を変えるとは」

　桑兵衛が訊いた。

「これまで、先崎は武士に真剣勝負を挑んで、斃《たお》した相手から金を奪っていたが、町人には手を出さなかった。それが、町人を斬り殺して金を奪ったのだ」

　有馬の声が、怒りに震えた。同じ松崎藩士だった者が、武士とは思えない悪事を働いていることに強い怒りを覚えたようだ。

「早く何とかせねばならぬな」

桑兵衛が言った。先崎たちが町人を斬殺し、金を奪ったとなると、当然町方も動き出す。御用聞きたちも探索に当たるだろう。町人を斬殺し、金を奪った下手人が、松崎藩士であることが町方に知れれば、幕府の耳にも入り、藩にも何らかの沙汰《さた》があるはずだ。

「何か手はあるか」

有馬が訊いた。

傍《かたわ》らに立っている丹波も、困惑《こんわく》したような顔をして桑兵衛に目をむけている。

「先崎たちが国元から江戸に出て、どれほど経《た》つ」

桑兵衛が訊いた。

「一月《ひとつき》ほどだ」

「その間、藩士の住む町宿に草鞋《わらじ》を脱いでいると聞いたが」

「われらは、そう見ている。……江戸の藩邸には、上村以外にも、先崎たちに味方する者がいるらしい」

有馬が眉を寄せて言った。

「何故《なにゆえ》、江戸詰の藩士が、国元から出奔した者に味方する」

「剣術道場の同門だからだ」

「国元にある道場か」

「そうだ。……国元には、玄泉流《げんせんりゅう》を指南する道場があって、玄泉道場と呼ばれている。先崎をはじめ国元から出奔した三人は、いずれも同門なのだ」

有馬によると、修験者《しゅげんじゃ》だった玄泉なる者が、諸国をまわりながら剣の修業をつづけて剣の精妙《せいみょう》を得、玄泉流を名乗り、松崎藩の領内の山間《やまあい》の地に道場をひらいたという。

玄泉流の道場が山間にあったこともあり、比較的身分の低い家臣や郷士《ごうし》などの門人が多かったそうだ。

「すると、先崎は玄泉流一門か」

桑兵衛が訊いた。

「そうだ。先崎に味方しているのも、玄泉流を身につけた者たちだ。同門というつながりで、先崎に味方しているらしい」

「先崎の遣う頭を斬り割る剣も、玄泉流にある技か」

桑兵衛の目が、剣客《けんかく》らしい鋭いひかりを宿している。

「玄泉流に、真っ向へ斬り下ろして、敵の頭を斬り割る技があると聞いたことはない。おそらく、先崎が独自に工夫したものだ」

有馬が言うと、脇に立っていた丹波がうなずいた。

次に口をひらく者がなく、その場が重苦しい沈黙につつまれたが、

「先崎といっしょに国元から江戸に出た他のふたりは、何者か分かっているのか」

桑兵衛が声をあらためて訊いた。

「分かっている」

「やはり、玄泉流一門の者か」

「そうだ。名は、久保佐之助《くぼさのすけ》と渡辺源三郎《わたなべげんざぶろう》。ふたりとも、山方《やまかた》の者だ」

有馬によると、山方の身分は低く、藩有林の監査や代官に従って年貢《ねんぐ》の取り立てなどを行っているという。

「先崎、久保、渡辺の三人は、勘定奉行を斬って江戸に出たと聞いたが、まちがいないのか」

桑兵衛が弐平の話を思い起こし、念を押すように訊いた。

「まちがいない。国元の勘定奉行は、藩有林から切り出した材木を材木問屋《どんや》に売るおり、山方の者に不正があったという噂《うわさ》を耳にして調べていた。その不正が明らかになるのを恐れて、先崎たちは勘定奉行を斬って江戸へ逃げてきたのだ」

「そういうことか」

先崎たち三人が出奔した理由が分かった。

「三人の隠《かく》れ家《が》は、分からないのだな」

桑兵衛が訊いた。

「藩士の住む町宿ではないかとみているが、はっきりしたことは分からない」

有馬が言うと、丹波がうなずいた。

3

桑兵衛はいっとき黙考《もっこう》していたが、

「有馬どの、江戸詰の藩士のなかに、先崎たちに味方している者がいるようだが、その者の名は分かるのか」

と、声をあらためて訊いた。

すると、それまで黙って桑兵衛と有馬のやり取りを聞いていた丹波が、

「目をつけている者が、ふたりいる」

と、口を挟んだ。

「ふたりの名は」

「井川源之助《いがわげんのすけ》と笠原稲助《かさはらとうすけ》だ」

丹波によると、ふたりとも国元にいるとき、玄泉流の道場に通っていて、出奔した先崎たちとは同門だったという。

「ふたりは、藩邸内にいるのか」

桑兵衛が訊いた。

「ふたりとも、町宿だ」

「先崎たち三人は、そのふたりの住む町宿に身を隠しているのではないか」

「われらも、先崎たちはふたりの町宿に身を隠しているのではないかとみて、目を配っているのだが、先崎たちのいる様子はないのだ」

丹波が言うと、

「井川と笠原も、われらに目をつけられているとみて、先崎たちを町宿に匿《かくま》うようなことはしていないようだ」

有馬が言い添えた。

有馬たちが口を閉じると、それまで黙って話を聞いていた唐十郎が、

「それがしが、井川と笠原の住む借家を見張ってみます。借家に先崎たちがいなくても、井川と笠原は、先崎たちと連絡をとりあっているはずです」

と、口をはさんだ。

つづいて弥次郎が、

「それがしも、若師匠といっしょに井川と笠原の借家を見張ってもいい。われらなら、井川たちの目にとまっても、不審を抱かれないはずだ」

と、身を乗り出すようにして言った。

「ふたりに頼むか」

そう言って、丹波が有馬に目をやった。

有馬は、すぐにうなずいた。ふたりとも、唐十郎と弥次郎なら、任せられると思ったようだ。

桑兵衛たちは人だかりから離れると、有馬たちの案内で、井川と笠原の住む町宿へ行くことになった。桑兵衛が同行したのは、井川と笠原の住む借家が、どこにあるか確認しておくためである。

有馬たちが連れていったのは、神田川沿いにつづく柳原通りから近い内神田の小《こ》柳町《やなぎちょう》三丁目だった。

柳原通りから小柳町三丁目に入り、町家のつづく道をいっとき歩くと、丹波と有馬が路傍《ろぼう》に足をとめた。

「そこに、八百屋《やおや》がある」

丹波が道沿いにあった八百屋を指差した。

「八百屋の斜向かいにある二軒の借家が、井川と笠原の住む町宿だ」

同じ造りの家が、二軒並んでいた。小体《こてい》な平屋だった。座敷は二間で、裏手に台所があるだけかもしれない。

「井川たちは、いるかな」

桑兵衛が言った。

「どうかな」

有馬が借家に目をやりながら言った。

「おれが、様子を見てくる。有馬どのたちより、おれの方が気付かれないはずだ」

そう言い残し、桑兵衛がひとり、二軒並んでいる家の方にむかった。有馬や唐十郎たちは路傍に立って、桑兵衛に目をやっている。

桑兵衛は通行人を装って歩き、二軒の借家のそれぞれの戸口で歩調を緩《ゆる》めたが、足をとめることもなく、通り過ぎた。そして、いっとき歩いて借家から離れると、足をとめて踵《きびす》を返した。

桑兵衛は、有馬や唐十郎たちのいる場にもどり、

「二軒とも、だれもいないようだぞ」

と、すぐに言った。

「ふたりとも、出掛けているようだ。先崎たちも、いっしょかもしれない」

有馬が、その場にいた男たちに目をやって言った。

「どうする」

丹波が、有馬に目をやって訊いた。

「しばらく、待つか。帰ってくるかもしれない」

有馬が、借家の近くで枝葉を茂らせていた椿《つばき》を指差し、「あの椿の陰《かげ》に、身を隠そう」と言い添えた。

桑兵衛たち五人は椿の陰に身を隠し、借家の住人が帰るのを待った。だが、なかなか姿をあらわさなかった。

「出直すか。……朝のうちなら、井川と笠原も借家にもどるのではないか」

有馬が言った。

「そうだな」

桑兵衛も、朝の早いうちなら、井川たちも借家にもどっているのではないかと思った。

桑兵衛たち五人が、椿の陰から出ようとしたときだった。

「だれか、来ます！」

唐十郎が通りの先を指差して言った。

見ると、武士がひとり、足早に歩いてくる。

「井川だ！」

有馬が言った。

二十代半ばであろうか。羽織袴姿で、二刀を帯びていた。井川は樹陰《こかげ》にいる桑兵衛たちには気付かず、手前の借家の前まで来ると足をとめ、周囲に目をやってから、家のなかに入った。

「どうする」

桑兵衛が有馬に訊いた。

「井川だけでは、どうにもならない。捕らえて先崎たちのことを訊いても、知らないと言われれば、それまでだからな」

有馬が顔をしかめて言った。

「もうすこし、様子をみるか」

桑兵衛が言い、五人はあらためて椿の陰にもどった。

それから、半刻（一時間）ほどすると、陽《ひ》は西の家並《やなみ》の向こうに沈み、樹陰や家の軒下などは夕闇に染まり始めた。

「明日、出直すか」

桑兵衛が、男たちに目をやって言った。

4

翌朝、唐十郎と弥次郎は、朝餉《あさげ》を済ませてから狩谷道場を出た。ふたりで、井川と笠原の借家を見張ることになっていたのだ。桑兵衛は、狩谷道場に残っている。

神田川にかかる和泉橋を渡った先のたもとで、有馬、丹波、それに平松左之助の三人が待っていた。平松は、桑兵衛たちが切腹の介錯を終えた後、松崎藩の重臣たちと話したとき、有馬たちといっしょにいた男である。

「平松も、おれたちといっしょに先崎たちを捕らえることになった」

有馬が言った。

「そこもとたちとは顔を合わせているが、まだ何もしていない。足手纏《あしでまと》いにならぬように動くつもりだ。よろしく頼む」

そう言って、平松は唐十郎と弥次郎に頭を下げた。

「顔を知られていない唐十郎どのと本間どのに見張りを頼むことになっていたが、平松が井川と笠原の町宿を見ておきたいと言うので、連れてきたのだ」

有馬はそう言った後、

「このまま、井川と笠原の住む借家にむかうか」

と、唐十郎と弥次郎に目をやって訊いた。

「そうだな。借家に先崎たちがいるかどうか確かめよう」

弥次郎が言った。

有馬と丹波が先に立ち、他の三人はすこし間をとって後につづいた。人目を引かないように通行人を装ったのである。

柳原通りから小柳町三丁目に入り、井川と笠原の住む二軒の借家が見えてきたところで、唐十郎たちは足をとめた。

「家の様子を探ってきます」

そう言い残し、唐十郎はひとり二軒の借家に足をむけた。

唐十郎は、手前の家の前まで来ると、足音を忍ばせて戸口に近付いた。家のなかから、板張りの床を歩くような足音が聞こえた。かすかな音なので、男か女かも分からない。

唐十郎は、次の家の戸口にも近寄った。

……だれか来ている！

唐十郎は、胸の内で声を上げた。

家のなかから男の話し声が聞こえた。その話から、ひとりは笠原であることが知れたが、もうひとりは分からない。

唐十郎は家の前にいつまでも足をとめているわけにはいかないので、足音を忍ばせて弥次郎たちのいる場にもどった。

「笠原の家に、だれか来ています」

唐十郎が、笠原の住む家のなかから男の話し声が聞こえたことを話した。

「だれかな」

有馬が首を捻《ひね》った。分からないらしい。

「しばらく、様子を見てみるか」

丹波が提案した。

「そうだな」

唐十郎や有馬たちは、以前身を隠した椿の樹陰にまわった。通りから見えない場に身を隠し、笠原の住む借家に目をむけた。

唐十郎たちが、樹陰に身を隠して、半刻（一時間）も経ったろうか。笠原の家の戸口の板戸があき、武士がふたり姿を見せた。

「笠原と、もうひとりはだれだ」

有馬が訊いた。

「御使番《おつかいばん》の原田康之助《はらだこうのすけ》ではないか」

丹波が言った。

「原田だ。たしか、原田も玄泉流の一門だったはずだぞ」

平松が、戸口から出てきた男を睨むように見据えて言った。

原田は何やら笠原とことばをかわした後、戸口から離れて、唐十郎たちのいる方へ歩いてきた。笠原はすぐに踵を返して家に入ってしまった。

唐十郎たちは、原田が通り過ぎると、その後ろ姿に目をやっていたが、

「おれが、跡を尾《つ》けてみる」

と、丹波が言い出して、ひとり樹陰から通りに出た。

有馬と平松は、唐十郎たちとともにその場に残った。しばらくの間、二軒の借家の見張りをつづけるつもりだった。

唐十郎たち四人がその場に残って、半刻（一時間）も経ったろうか。

「おい、笠原が出てきたぞ」

有馬が言った。

笠原は借家から出ると、隣の借家の戸口に足をむけて板戸をあけた。そして、家のなかに入ったが、いっときすると、井川といっしょに出てきた。

ふたりは、通りを柳原通りの方にむかって歩きだした。唐十郎たちのいるそばを通り過ぎ、さらに歩いていく。

笠原と井川の姿が遠ざかったところで、

「跡を尾けるぞ」

有馬が言い、樹陰から出た。

唐十郎たち四人は、笠原たちに気付かれないように、すこし間をとって歩いた。前を行く笠原と井川は、何やら話しながら歩いていく。

笠原たちは借家を出てしばらく歩くと、道沿いにあったそば屋の前に足をとめた。ふたりは慣れた様子で、店に入った。よく利用している店らしい。

唐十郎たちは、そば屋の近くまで来て足をとめた。

「ふたりで、そばを食いに来たらしいな」

有馬が言った。

つづいて、平松が話したことによると、町宿の者は自分でめしの支度《したく》をするのが面倒なので、そば屋や一膳めし屋で済ませることが多いという。

「笠原と井川は、そば屋で一杯やっているにちがいない」

有馬が、「今日のところは、おれたちも帰るか」と、その場にいた唐十郎たちに目をやって言った。

5

小柳町に出かけた翌朝、唐十郎と弥次郎は、有馬たち三人と和泉橋のたもとで会った。今日も、桑兵衛は来ていなかった。まだ、笠原と井川は泳がせておくつもりだったので、それほどの人数はいらなかったのだ。

昨日、原田の跡を尾けた丹波の話だと、原田は借家を出た後、松崎藩の藩邸にもどったという。

唐十郎たち五人は小柳町に足を運び、井川と笠原の住む二軒の借家の見える場所まで来た。そして、借家の近くの椿の樹陰に身を隠すと、有馬が、

「おれが、家の様子を探ってくる」

と言い残し、ひとりで借家にむかった。後に残った唐十郎たち四人は、有馬に目をやっていた。

有馬は手前の借家の戸口まで行くと、すぐに踵を返し、足早に唐十郎たちのいる場にもどってきた。

「家から、出てくるぞ！」

有馬が、荒い息を吐きながら言った。

唐十郎たちは、すぐに借家に目をやった。すると、手前の家からふたりの武士が出てきた。井川ともうひとりは、昨日姿を見せた原田だった。ふたりは、何やら話しながら通りを歩いてくる。

井川と原田が通り過ぎ、ふたりの姿が遠ざかったところで、

「尾けよう」

と、有馬が言った。

「おれたちは、ここに残って見張りをつづけようか」

唐十郎が訊いた。大勢で、ふたりの跡を尾ける必要はないと思ったのだ。

「いや、いっしょに来てくれ。家の前で漏《も》れ聞こえた話からすると、井川たちは仲間

のところへ行くようだ。……先崎たちのところだ」

有馬が言った。

「分かった。おれたちも、井川たちを尾けよう」

そう言って、唐十郎は弥次郎とともに樹陰から出た。先崎たちと闘うことになれば、有馬たち三人では、太刀打ちできないだろう。

唐十郎と弥次郎が先にたち、すこし間を置いて有馬たちがつづいた。唐十郎たちの方が、井川たちに不審を抱かれないからである。

それでも、唐十郎と弥次郎は井川たちから半町ほども間をとって歩いた。

唐十郎たちの後方から来る有馬たちが、二軒の借家から一町ほど離れたろうか。井川たちが出てきた借家の隣の借家から、四人の武士が姿を見せた。借家の住人の笠原、それに国元から出奔した先崎、久保、渡辺の三人である。

借家に住んでいた井川と笠原は、有馬たちに見張られていることに気付き、返り討ちにするつもりで、先崎たちに話して罠《わな》を張っていたのだ。

前を行く唐十郎たちは、自分たちが尾けられているなどとは思いもせず、まったく背後に気を遣っていなかった。

前を行く井川と原田は、柳原通りの方へむかって足早に歩いて行く。ふたりは柳原通りへ出る手前で、足をとめた。そこは人通りはあったが、民家がとぎれ、道沿いに空き地がひろがっている場所だった。

井川と原田は背後を振り返って、跡を尾けてくる唐十郎と弥次郎に目をむけた。

それを見た唐十郎が、

「おれたちに、気付いたぞ」

と、弥次郎に目をやって言った。

「逃げる気はないらしい。おれたちをふたりだけとみて、返り討ちにする気かもしれないぞ」

弥次郎が、井川たちを見据えて言った。

井川と原田は、空き地のひろがっている近くに立って、唐十郎たちに目をむけている。

「ここで、討ち取ってくれる」

そう言って、唐十郎は背後に目をやった。そして、有馬たち三人が足早に近付いてくるのを待ってから、弥次郎とともに歩きだした。

このとき、唐十郎は有馬たちの背後から来る笠原、先崎、久保、渡辺の四人に気付かなかった。

唐十郎たちは、空き地の脇に立っている井川と原田に近付いた。

「なぜ、逃げぬ」

有馬が、井川を見すえて訊いた。

「おぬしらこそ、逃げないのか」

井川が、薄笑いを浮かべて言った。

「なに！」

弥次郎が、声高に言った。弥次郎は、井川と原田の様子を見て、何かたくらんでいると気付いたのである。

このとき、唐十郎が背後から走り寄る足音を耳にして振り返った。唐十郎は、四人の武士が足早に近付いてくるのを見た。

「敵だ！」

唐十郎は、笠原と国元から出奔した先崎たち三人を目にして叫んだ。先崎たち三人の顔は知らなかったが、笠原がいたので敵と分かったのだ。

「先崎たちだ！」

有馬が声を上げた。有馬は、先崎たちを知っていたようだ。おそらく国元にいるとき、顔を見たことがあるのだろう。

「草藪《くさやぶ》を背にしろ！」

弥次郎が叫んだ。

唐十郎と弥次郎、それに有馬たち三人は、前後から挟み撃ちにならないように、丈《たけ》の高い雑草で覆《おお》われている場所を背にして立った。

そこへ、井川や先崎たちが、左右から走り寄った。総勢、六人である。

唐十郎たちは、五人だった。人数の上ではひとりすくないだけだが、敵は玄泉流の遣い手が多い。なかでも、先崎は稲妻落としと称する必殺剣を遣う。

唐十郎の前に立ったのは、大柄な武士だった。先崎である。一方、弥次郎の前には、痩身《そうしん》の武士が立った。久保佐之助である。久保も、玄泉流の遣い手だった。

有馬、丹波、平松の三人の前にも、それぞれ玄泉流を遣う藩士たちが立った。

近くにいた通行人たちが、大勢の武士が抜き身を手にして対峙《たいじ》しているのを見て、「斬り合いだ！」「逃げろ！」などと口々に叫び、慌《あわ》ててその場から逃げ散った。

6

唐十郎は、大柄な先崎と対峙した。先崎と顔を合わせるのは、初めてである。

ふたりの間合は、三間ほどだった。その場は狭いため、ひろく間合が取れないのだ。

先崎は刀の柄に右手を添えていたが、抜かなかった。唐十郎を睨むように見据えている。対する唐十郎は、右手を柄に添え、左手で鞘《さや》の鍔《つば》の近くを握《にぎ》って鯉口《こいぐち》を切った。そして、居合腰に沈めた。居合の抜刀体勢をとったのである。

「居合を遣うのか」

先崎が訊いた。

「おれの居合を受けてみろ！」

唐十郎はそう言ったが、小宮山流居合のどの技を遣うか決めていなかった。先崎の構えを見てから決めようと考えていたのである。

先崎が、ゆっくりとした動きで抜刀した。そして青眼に構えた後、刀身を上げて上段にとった。刀の柄を握った両拳を高くとっている。刀身は、切っ先で天空を突くように垂直に立てられていた。

唐十郎は、先崎の上段の構えに、上から覆いかぶさってくるような威圧を感じた。だが、臆《おく》さなかった。

……入身左旋を遣う！

唐十郎は、腹の内で決めた。

入身左旋は、敵の左手に踏み込み、居合で抜刀し、体を敵の方にまわしざま斬る技である。

唐十郎は、先崎と対峙したまま動かなかった。踏み込んで、抜刀する機をうかがっている。

先崎も、大きな上段に構えたまま動かなかった。

「おれの稲妻落とし、受けられぬぞ」

先崎が、唐十郎を見据えて言った。

そのとき、唐十郎の脳裏《のうり》に、大川端で見た、頭を斬り割られた男の死に顔が過《よぎ》った。男は頭骨を斬り割られ、凄《すさ》まじい形相《ぎょうそう》で死んでいた。

唐十郎が大川端で男の死に顔を目にし、道場に戻ってから、桑兵衛が、「上段から真っ向へ斬り下ろしただけの太刀だが、稲妻のように迅く、鋭い。……受けた刀ごと押し下げられて頭を割られる」と口にした。その言葉が、唐十郎の脳裏を過ったのである。

……受けるのも、躱《かわ》すのも難しい。切っ先のとどかない場まで逃げるしかない。

と、唐十郎は思った。それも、桑兵衛が話したことだった。

唐十郎と先崎は、対峙したまま動かなかった。唐十郎は居合の抜刀体勢をとり、先崎は稲妻落としを遣う機をうかがっている。

そのとき、悲鳴が聞こえた。弥次郎が、前に立っていた久保に居合で斬りつけたのだ。

久保は右の前腕を斬られたが、浅手だった。それでも、久保は身を退《ひ》いた。弥次郎は久保を追い、素早く納刀《のうとう》してふたたび居合の抜刀体勢をとった。

久保の悲鳴で、先崎が動いた。

先崎は大きな上段に構えたまま、足裏を擦《す》るようにして間合を狭《せば》めてくる。対する唐十郎は、動かなかった。

……あと、半間。

唐十郎は、胸の内で一足一刀《いっそくいっとう》の斬撃《ざんげき》の間境《まざかい》まで半間と読んだ。

そのとき、先崎の足元で、ガサッという枯れ草を踏む音がした。その音で、唐十郎の全身に抜刀の気がはしった。

唐十郎が抜刀体勢をとったまま踏み込んだ。

刹那《せつな》、先崎の全身が膨《ふく》れ上がったように見え、

イヤアッ！

と、裂帛《れっぱく》の気合がひびいた。

上段から真っ向へ——。稲妻落としである。

同時に、唐十郎が先崎の左手に踏み込み、抜きつけた。居合の神速の抜きつけの一刀である。

二筋の閃光が疾《はし》り、ふたりの体が交差した。

先崎の切っ先が、唐十郎の肩先をかすめて空《くう》を斬り、唐十郎の切っ先は、先崎の左袖を切り裂いた。

ふたりは、素早い動きで間合を取った。先崎はふたたび大上段に構えをとり、唐十郎は、刀身を鞘に納めて居合の抜刀体勢をとっている。

「相打ちか」

先崎が、唐十郎を見据えて言った。

唐十郎も相打ちだと思った。ふたりとも、敵にかすり傷を与えることもできなかったのだ。

「次は、うぬの頭を斬り割ってくれる！」

先崎は、大上段に構えたまま稲妻落としを遣う気配を見せた。

対する唐十郎は、もう一度入身左旋を遣うつもりだった。唐十郎は、踏み込みをもうすこし速くすれば、抜きつけの一刀で、先崎の左腕を捕らえられると踏んだのだ。

このとき、ギャッ！　という悲鳴がひびいた。

弥次郎と闘っていた久保が、刀を手にしたまま後ろへよろめいた。肩から胸にかけて、小袖が裂け、露《あら》わになった肌が血に染まっている。

弥次郎は、居合で抜きつけた切っ先で久保をとらえたようだ。致命傷になるほどの深手ではなかったが、久保は恐怖で顔をひき攣《つ》らせ、後じさった。その場から、逃げようとしたのだ。

そこへ、渡辺が走り寄り、

「うぬの相手は、おれだ」

と言って、切っ先を弥次郎にむけた。

弥次郎には刀を鞘に納める間もなかった。仕方なく、脇構えにとった。居合の抜刀のつもりで、脇構えから斬り上げようというのである。

7

唐十郎は、居合の抜刀体勢をとったまま先崎と対峙していた。対する先崎は、大上段に構えている。

ふたりの間合は、二間半ほどだった。最初に向き合ったときより半間ほど狭かった。ふたりとも一合し、敵の手の内が分かったこともあって間合を狭めたのだ。

ふたりは、なかなか動かなかった。相手の実力を知り、迂闊《うかつ》に仕掛けられなかったのだ。ふたりは全身に気勢を漲《みなぎ》らせ、気魄《きはく》で敵を攻めている。

唐十郎は、久保が上げた悲鳴にも微動だにせず、全身の気を先崎に集中させていた。先崎の構えや気の乱れをつかめなければ、上段からの太刀を浴びることになるだろう。

対する先崎は、刀の柄を握った両拳をさきほどよりすこし前にとっていた。真っ向へ斬り下ろす太刀を、一瞬迅くしようとしているのだ。

ふたりは、そのまま動かなかった。いや、動けなかったのである。ふたりとも、迂闊に仕掛ければ、相手に斬られると分かっていたのだ。

「かかってこい！」

先崎が、挑発《ちようはつ》するように言った。

だが、唐十郎は動かなかった。このまま仕掛ければ、先崎の稲妻落としをまともに浴びることになる。

ふたりが対峙したまま、どれほどの時が流れたのか。唐十郎も先崎も、時の流れの意識はなかった。全神経を敵に集中させていたからである。

このとき、丹波の悲鳴がひびいた。国元から出奔したひとり、弥次郎に斬られて手負いの久保から不意の斬撃を浴びたのだ。正面から袈裟に斬られ、肩から胸にかけて裂けた丹波の小袖の間から、血に染まった肌が露わになった。

体勢を立て直した丹波は、手にした刀の切っ先を久保にむけたが、剣尖《けんせん》が震えていた。体が揺れている。

丹波の様子を目の端でとらえた弥次郎は、このままでは、丹波が斬られる、とみた。

突如《とつじよ》、弥次郎は裂帛の気合を発し、脇構えにとったまま対峙していた渡辺に迫り、鋭い気合とともに、居合の呼吸で刀身を横に払った。

鋭い斬撃ではなかったが、渡辺は突然の仕掛けに驚き、わずかに身を退いたものの間にあわなかった。

弥次郎の切っ先が、渡辺の小袖の腹のあたりを横に切り裂いた。露わになった渡辺の腹に薄い血の線がはしった。

かすり傷だったが、渡辺は驚愕《きょうがく》に目をむいて後じさった。腹を斬られ動揺したらしい。手にした刀が震えている。

弥次郎は渡辺にかまわず、丹波のそばに走り寄り、久保を前にして立った。

「おれが、相手だ！」

弥次郎は、手にした刀を脇構えにとった。抜刀していたので、居合は遣えない。居合の抜刀の呼吸で、脇構えから斬り上げるのである。

「また、うぬか」

久保が、弥次郎を見つめて言った。

「いかにも」

弥次郎が言った。

「抜いてしまっては、居合も遣えまい」

久保の口許《くちもと》に、薄笑いが浮いた。

「抜いても、遣える技もある」

弥次郎は、脇構えにとったままわずかに腰を沈めた。居合腰といっていい。この体勢から居合の呼吸で抜きつけるのである。

久保は、八相《はっそう》に構えをとった。すでに傷を負っているにもかかわらず、構えに隙《すき》がなかった。

ふたりの間合は、およそ二間半――。

立ち合いの間合としては、近かった。すでに一度斬り合っており、間合が近くなったのだ。

ふたりは、脇構えと八相に構えたまま気魄で攻め合っていたが、先《せん》をとったのは弥次郎だった。

「いくぞ!」

弥次郎は声をかけ、脇構えにとったまま摺り足で久保との間合を狭め始めた。

対する久保は、動かなかった。八相に構えたまま、弥次郎との間合と斬撃の気配を読んでいる。

ふいに、弥次郎の寄り身がとまった。一足一刀の斬撃の間境の一歩手前である。弥次郎は、このまま踏み込むと、久保の斬撃を浴びるとみたのだ。

弥次郎は全身に斬撃の気配を見せ、

イヤアッ！

突如、裂帛の気合を発して、半歩踏み込んだ。斬り込むとみせた誘いである。

この誘いに、久保が反応した。甲走《かんばし》った気合を発しざま、斬り込んだ。

八相から袈裟へ――。

刹那、弥次郎の体が躍《おど》った。

鋭い気合とともに、脇構えから横一文字へ――。居合の抜刀の呼吸で、刀身を横に払ったのだ。

久保の切っ先が、弥次郎の肩先をかすめて空を斬り、弥次郎の切っ先は、久保の小袖の脇腹辺りを斬り裂いた。

小袖が裂け、露わになった久保の脇腹に赤い線がはしり、血が細い筋を引いて流れ落ちた。

久保は、低いうめき声を上げて後退《あとじさ》った。顔が恐怖にひき攣《つ》っている。命にかかわるような傷ではなかったが、腹を斬り裂かれたことで、渡辺同様、気が動転したらしい。

久保は刀を引《ひ》っ提《さ》げたまま弥次郎との間合を取ると、

「勝負、預けたぞ！」

と、声高に言い、反転して走りだした。渡辺もあとに続く。逃げたのである。

このとき、唐十郎は居合の抜刀体勢をとったまま、大上段に構えている先崎と対峙していた。

ふたりの間合は、一足一刀の斬撃の間境の一歩手前である。ふたりの全身に斬撃の気が漲《みなぎ》っていたが、久保の「勝負、預けたぞ！」という声が聞こえると、先崎は素早い動きで身を退いた。

そして、逃げていく久保と渡辺に目をやり、

「あやつら、逃げたか」

と、声を上げ、さらに後じさった。

先崎は唐十郎との間があくと、

「勝負、預けた」

と、声をかけ、抜き身を手にしたまま反転した。

先崎は走りざま、「退け！　退け！」と仲間たちに声をかけた。この場から、仲間を逃がそうとしたらしい。

すると、有馬たちに切っ先をむけていた笠原たちが、後じさって間合を取り、反転

して逃げだした。

有馬、丹波、平松の三人は、抜き身を手にしたまま逃げる笠原たちを追おうとした。

「追うな！」

弥次郎が、有馬たちに声をかけた。下手に追うと、先崎たちに返り討ちに遭《あ》うとみたようだ。

唐十郎たち五人は、逃げていく先崎たちに目をやっていた。よろめくようにして逃げていく男もいたが、逃げられないほどの深手を負った者はなかった。

先崎たちの姿が遠ざかったとき、

「あやつら、井川たちの住む借家のある小柳町から、おれたちを尾けてきたようだ」

唐十郎が言った。

第三章

隠《かく》れ家《が》

1

唐十郎は道場のなかほどに立ち、刀を上段に構え、桑兵衛と対峙《たいじ》していた。桑兵衛は刀の柄《つか》に手を添え、居合の抜刀《ばっとう》体勢をとっていた。弥次郎は道場の隅に座して、唐十郎と桑兵衛に目をやっている。

唐十郎と弥次郎が、有馬たちとともに先崎たちと闘った二日後である。唐十郎が、先崎の遣《つか》う稲妻落としと立ち合ったことを報告すると、

「唐十郎、先崎の遣う稲妻落としの構えをとってみろ。おれが、居合で立ち合ってみる」

桑兵衛が言い、唐十郎に先崎役をやらせ、稲妻落としを破る手を工夫することになったのだ。

「先崎は、大きな上段に構えました」

そう言って、唐十郎が大上段に構えると、すぐに桑兵衛は居合の抜刀体勢をとった。

唐十郎と桑兵衛の間合は、二間半ほどだった。

「その構えから、真っ向へ斬り下ろすのだな」

桑兵衛が念を押すように訊《き》いた。

「そうです。頭を斬り割るのです」

「唐十郎は、どんな技を遣った」

「入身左旋です」

「いい技だ。おれも、入身左旋を遣っただろうな」

うなずいて、桑兵衛は右手を刀の柄に添えた。

唐十郎は、大上段に構えたままだった。桑兵衛は居合の抜刀体勢をさらに低くした。入身左旋の構えである。

「参ります」

唐十郎が声をかけ、一歩踏み込んだ。

そして、真っ向へ斬り下ろす気配を見せた。

タアッ！

鋭い気合を発し、唐十郎が真っ向へ斬り下ろした。刹那《せつな》、桑兵衛の体が唐十郎の左手に跳《と》んだ。桑兵衛の動きが迅《はや》かったため、唐十郎の目に、桑兵衛の体が跳んだように映ったのだ。

次の瞬間、桑兵衛の刀身が唐十郎の顔前でひかり、切っ先が喉元《のどもと》に突きつけられた。唐十郎の刀は、空《くう》を切っただけである。

「は、迅い！」

思わず、唐十郎が声をつまらせて言った。

「相手の構えも太刀筋《たちすじ》も、分かっていたからだ」

桑兵衛はそう言った後、弥次郎を呼んだ。

弥次郎がそばに来て、床に座すと、

「先崎の遣う稲妻落としには、唐十郎が遣った入身左旋がいい。それに、間合を上段からとどかないように遠間《とおま》にとるのだ。……左手から、一気に踏み込め」

桑兵衛が、唐十郎と弥次郎に目をやって言った。

ふたりは、無言でうなずいた。そして、すこし離れた場に立ち、前に先崎が立っていると想定し、居合の抜刀体勢をとった。

唐十郎と弥次郎は先崎の遣う稲妻落としを想定し、入身左旋のひとり稽古《げいこ》をつづけた。そして、ふたりの顔が汗で光るようになったとき、道場の戸口で足音がした。ひとりではない。何人かいるようだ。

「狩谷どの、おられるか」

戸口で、聞き覚えのある声がした。有馬である。

「いるぞ。入ってくれ」

桑兵衛が声をかけた。

道場へ出入りする場の板戸があき、有馬と丹波が姿を見せた。

有馬は、唐十郎たちの顔が汗で光り、袴《はかま》の股《もも》だちを取っているのを見て、居合の稽古をしていると分かったらしく、

「申し訳ない。稽古の邪魔をしたようだ」

と、頭を下げて言った。

「なに、稽古を終えたところだ」

桑兵衛は、「ともかく、腰を下ろしてくれ」と言って、有馬と丹波を道場の床に座らせた。

「実は、桑兵衛どののたちに、伝えておくことがあって参ったのだ」

有馬が切り出した。

「話してくれ」

桑兵衛が、身を乗り出すようにして訊いた。唐十郎と弥次郎の目が、有馬にむけられている。

「小柳町の借家に住んでいた井川と笠原が、借家から姿を消したのだ」

有馬によると、昨日と今日の二度、ふたりの住む借家にいってみたが、表戸はしまったままで、家にはだれもいなかったという。

「井川たちは、おれたちが借家を見張っていると知り、姿を消したのではないか」

唐十郎が言った。

「そのようだ」

「井川と笠原は、藩邸にも姿を見せないのか」

桑兵衛が訊いた。

「昨日と今日は、姿を見せていません」

丹波がうなずいた。

「井川と笠原は、先崎たちといっしょにいるかもしれんな」

桑兵衛が、有馬と丹波に目をやって言った。

「おれたちも、そうみている」

有馬は小声で言った後、いっとき黙考《もっこう》していたが、

「ここ二日、原田が藩邸を出たままなのだ」

と、声をあらためた。

「原田は、御使番《おつかいばん》だったな」

黙って聞いていた弥次郎が、口を挟んだ。

「そうだ。……このところ、原田は留守居役《るすいやく》の菅山重左衛門《すがやまじゅうざえもん》さまの指図《さしず》で、動いていることが多いようだ」

有馬によると、松崎藩の留守居役は江戸にいて、幕府や他藩との外務交渉や、藩とかかわりある江戸の商人との商談や連絡にあたっているという。

松崎藩は上州の山間《やまあい》の地に領地があることから、檜《ひのき》や杉などの材木を江戸に運んで収入を得ていた。したがって、江戸の材木問屋《どんや》などとのつながりがあり、菅山は問屋筋との商談などにも当たるという。

「留守居役な」

桑兵衛が、つぶやくような声で言った。桑兵衛たちには松崎藩の内政のことは、よく分からなかったのだ。

2

有馬につづいて口をひらく者がなく、道場内はいっとき静まっていたが、

「いずれにしろ、先崎たち三人の居所を突き止めて、討《う》たねばなるまい」

と、桑兵衛が言った。

桑兵衛たちが、江戸家老の浅川や藩士の唐沢たちから依頼されたことは、国元から出奔した先崎、久保、渡辺の三人を討つことだった。

「先崎たちが身を隠しているとすればどこか、見当がつくか」

桑兵衛が訊いた。

「先崎たちが、宿屋に寝泊まりしているはずはないし、寺や神社などの軒下で野宿しているとも思えないが……」

有馬が首をひねりながら言うと、

「やはり、藩士の住む町宿ではないかな」

丹波が、口を挟んだ。

「江戸詰の藩士のなかに、井川や笠原と同じように、先崎たちに味方する者が他にもいるのか」

桑兵衛が訊いた。

「いる。……そやつらを泳がせるか」

有馬が、まず原田を尾行することを提案すると、すぐに丹波が、

「原田なら、先崎たちと接触するはずだ」

と、言い添えた。

「原田の尾行は、有馬どのたちに任せよう」

桑兵衛が言った。御使番の原田なら藩邸に出入りし、先崎たちと会うかもしれない。同じように藩邸にいる有馬たちなら、原田を尾行しやすいだろう。

「承知した。原田の尾行は、おれたち三人でやる」

有馬が言うと、丹波もうなずいた。この場に来ていなかったが、平松も尾行にあたるのだろう。

それから小半刻《こはんとき》（三十分）ほど話して、有馬と丹波は腰を上げた。

桑兵衛たち三人は有馬たちを見送った後、道場にもどったが、居合の稽古をつづける気にはなれなかった。

「どうします」

弥次郎が訊いた。

「どうだ、小柳町に行ってみないか。井川と笠原の住んでいた借家は留守だったらしいが、荷物を取りにもどってくるかもしれん」

桑兵衛が、唐十郎と弥次郎に目をやって言った。

「行きましょう」

唐十郎が言うと、弥次郎もうなずいた。

桑兵衛たち三人は、すぐに道場を出た。神田川にかかる和泉橋を渡り、柳原通りに出てから小柳町にむかった。そして、井川と笠原の住んでいた二軒の借家が前方に見えてきたところで、路傍《ろぼう》に足をとめた。

「有馬どのたちの話では、ふたりとも借家を出たそうだ」

桑兵衛が言った。

「留守かどうか、確かめてきましょうか」

唐十郎が申し出た。

「おれと本間は、ここにいる。唐十郎が見てきてくれ」

「はい」

唐十郎はひとり、二軒の借家のある方にむかった。

通行人を装って借家の前まで行き、戸口に身を寄せたが、すぐに離れた。そして、二軒の家の様子を探ると、すぐに踵《きびす》を返してもどってきた。

「どうだ、だれかいたか」

すぐに、桑兵衛が訊いた。

「いません。どちらの家にも、ひとのいる気配はありませんでした」

唐十郎が答えた。

「有馬どのたちが言っていたとおり、ふたりとも借家を出たか」

桑兵衛は、気落ちした顔をした。せっかく、ここまで足を運んできたのに、得るものが何もなかったからだろう。

「近所で、聞き込んでみますか」

近くの店で訊けば、井川と笠原の行き先が分かるかもしれません、と唐十郎が言い添えた。

「せっかく来たのだ。近所で、訊いてみよう」

そう言ったが、桑兵衛は気乗りしないような顔だった。井川たちの行き先を知る者はいないと思ったのだろう。

唐十郎、桑兵衛、弥次郎の三人は、二軒の借家のある方へ足をむけた。そして、借家の近くまで行くと、あらためて通りに目をやった。

道沿いには、八百屋《やおや》、豆腐屋《とうふや》、下駄屋《げたや》など暮らしに必要な物を売る店が多かった。行き交うひとの姿もある。

「どうだ、手分けして、訊いてみるか」

桑兵衛が言った。

桑兵衛たち三人はその場で分かれ、近所で聞き込んでみることにした。

ひとりになった唐十郎は、二軒の借家の前を通り過ぎ、目についた下駄屋の前で足をとめた。店の親爺《おやじ》が、台の上の下駄を並べ替えていたのだ。

「ちと、訊きたいことがある」

唐十郎が、親爺に声をかけた。

「何です」

親爺は、店先に出てきた。赤い鼻緒《はなお》の下駄を手にしたままである。

「そこに、借家が二軒あるな」

唐十郎が、指差して言った。

「ありますが」

「実は、借家に住んでいたふたりとは、道場で一緒に稽古した仲なのだ。近くを通りかかったので訪ねたのだが、ふたりともいないようだ」

唐十郎が、作り話を口にした。

「ふたりとも、越したようですよ」

「引っ越したのか」

唐十郎は聞き返した。

「そうでさァ」

「どこへ越したか、知っているか」

「知りませんねえ」

親爺は、首を傾げた後、

「そういえば、近所に住んでいる娘さんが、下駄を買いにきたときに話してましたが、ふたりは、豊島町に越したようですよ」

と、小声で言い添えた。

「その娘は、どうして知ったのだ」

「家の前を通りかかったとき、引っ越しの荷を運び出していたふたりの話を耳にしたようでさァ」

「豊島町のどこか、分かるか」

唐十郎が訊いた。豊島町は柳原通り沿いにあるが、広い町なので、豊島町と知れただけでは探すのが難しい。

「分かりませんねえ」

親爺は、そう言うと、店のなかにもどりたいような素振《そぶ》りを見せた。いつまでも無駄話をしているわけにはいかない、と思ったのだろう。

唐十郎は、親爺に礼を言って店先を離れた。

3

唐十郎はさらに通りを歩き、聞き込みを続けたが、新たなことは分からなかった。

唐十郎が借家の近くにもどると、弥次郎の姿があった。桑兵衛はまだである。唐十郎と弥次郎がその場に立っていっとき待つと、桑兵衛が慌《あわ》てた様子でもどってきた。

「待たせたか」

桑兵衛が息を弾《はず》ませて言った後、「歩きながら話すか」と言い添えた。

唐十郎たち三人は、来た道を引き返し始めた。

「井川と笠原の引っ越し先は、豊島町のようです」

唐十郎が歩きながら言った。

「おれも、豊島町と聞いたぞ」

桑兵衛が身を乗り出して言った。

「豊島町のどこか、分かりますか。豊島町だけでは、探すのがむずかしい」

弥次郎が桑兵衛に訊いた。

「二丁目らしい」

「借家でしょうか」

「他の藩士の町宿か、新たに借家を見つけて、そこに越したかだろうな」

桑兵衛たちは、そんなやり取りをしながら歩き、豊島町にむかった。

豊島町は、柳原通り沿いにひろがっていた。一丁目から三丁目まである広い町である。桑兵衛たちは二丁目の通りに入ると、路傍に足をとめた。

「まず、武士の住む借家を探してみるか」

桑兵衛が、通りの先に目をやって言った。

通り沿いには、店が並んでいた。町人地なので、武士の姿はすくなかった。棒手振《ぼてふり》や風呂敷包みを背負った行商人らしい男の姿が目についた。

「むこうから来る棒手振に訊いてみますよ」

弥次郎が、盤台《ばんだい》を担《かつ》いだ棒手振に足早に近付いた。

弥次郎は何やら話しながら棒手振といっしょに歩いていたが、いっときすると棒手振と離れ、桑兵衛と唐十郎のいる場にもどってきた。

「何か、知れたか」

桑兵衛が訊いた。

「この道の先に、借家が二軒あるそうです」

弥次郎が答えた。

「借家の住人はだれか分かったか」

「それが、つい先頃まで空き家になっていたそうです。いまは、住んでいるようだが、だれか知らないと言ってました」

「ともかく、行ってみよう」

桑兵衛たち三人は、さらに通りを歩いた。

しばらく歩いたが、借家らしい家屋《かおく》は見当たらないので、通り沿いにあった八百屋に立ち寄って訊くと、二町ほど歩くと道沿いに借家が二軒あるという。

「その借家に、近頃、武士が住むようになったらしいのだが、知っているかな」

桑兵衛が、店にいた親爺に訊いた。

「聞きやしたよ」

すぐに、親爺が言った。

「二軒とも、武士が住んでいるのか」

「いえ、一軒にふたりのお侍が、越してきたと聞きやした」

「ふたりいっしょに住んでいるのか」

桑兵衛は、そうつぶやいた後、

「手間をとらせたな」

と、親爺に声をかけ、店先から離れた。

桑兵衛は唐十郎と弥次郎に、八百屋の親爺から聞いたことを話してから、

「ともかく、借家に行ってみよう」

と言って、先にたった。

二町ほど歩くと、借家らしい家屋が、通り沿いに二棟並んでいた。二棟とも、小柳町にあった借家より大きかった。座敷は、三間ほどありそうだ。

桑兵衛たちは、二棟並んでいる借家から半町ほど手前で足をとめた。迂闊《うかつ》に近付くと、井川たちに気付かれる。

「どうします」

弥次郎が訊いた。

「借家の斜向《はすむ》かいに、板塀《いたべい》をめぐらせた家があるな。あの板塀の陰《かげ》から、借家の様子を見てみるか」

桑兵衛が、通りの先を指差して言った。

通り沿いに、板塀をめぐらせた仕舞屋《しもたや》があった。妾宅《しょうたく》ふうの家である。

桑兵衛たちは通行人を装って仕舞屋の前まで行くと、板塀に身を寄せて斜向かいにある借家に目をやった。

手前の借家から、男の話し声が聞こえた。かすかな声だが、武家言葉らしいことが分かった。

「井川と笠原が越してきたのは、手前の家らしいな」

桑兵衛が言った。

「何人かで、話しているようです」

唐十郎が、声をひそめて言った。

「井川と笠原の他にも、いるようだ」

「先崎たちが来ているのかもしれません」

「しばらく、様子を見るか」

桑兵衛が言った。借家の前を通ると気付かれそうなので、板塀の陰に身を隠して借家を見張ることにした。

桑兵衛たちがその場に身を隠して、小半刻（三十分）も経《た》ったろうか。借家の戸口の板戸が開いて、武士が姿を見せた。

「先崎だ！」

唐十郎が、昂《たかぶ》った声で言った。

「久保と渡辺も、出てきた」

弥次郎が身を乗り出して、ふたりの武士に目をやっている。久保も渡辺も、二日前に弥次郎に斬られた箇所に包帯を巻いていたが、支障はないらしい。

先崎、久保、渡辺の三人につづいて、井川と笠原が戸口に姿を見せた。先崎は、久保と渡辺に何やら声をかけてから戸口を離れた。井川と笠原は、戸口に立って先崎たちを見送っている。

先崎たち三人は、桑兵衛たちが身を隠している方へ何やら話しながら歩いてきた。

先崎たちが、桑兵衛たちのすぐ近くまで来たとき、唐十郎が飛び出そうとした。すると、桑兵衛が唐十郎の肩先を押さえ、首を横に振った。ここで、先崎たちと闘うのをとめたのである。

4

先崎たち三人は、何か話しなから遠ざかっていく。

唐十郎は、なおも三人の後を追おうとしたが、

「唐十郎、焦《あせ》るな。ここで、先崎たちと斬り合いになると、井川たちが駆け付けてくる。それに、先崎たちを討つ機会は、いくらでもある」

桑兵衛が、弥次郎にも聞こえる声で言った。相手が五人になれば、討つのはむずかしい。それに、桑兵衛の胸の内には、稲妻落としを遣う先崎と、一対一で勝負したいという思いがあったのだ。

「後で、井川と笠原を捕らえますか」

弥次郎が訊いた。

「有馬どのたちに話してからだ。ふたりを捕らえて話を聞くか、泳がせて他の仲間のことを探るかだな。……いずれにしろ、今日のところは、引き上げよう」

桑兵衛はそう言って、板塀の陰から出た。

唐十郎と弥次郎がつづき、三人は狩谷道場に足をむけた。


翌日、唐十郎たちは道場内で有馬たちが来るのを待ったが、なかなか姿をあらわさなかった。

「藩邸まで行ってみるか」

そう言って、桑兵衛が立ち上がったとき、道場の戸口に近寄ってくる足音がした。有馬たちらしい。

すぐに、戸口近くの板戸があいて、有馬、丹波、平松の三人が姿を見せた。今日は、平松も同行してきたようだ。

三人は道場に入ってくると、

「遅くなってしまった」

有馬が言い、藩邸を出る前に、江戸家老の浅川から話があったことを言い添えた。

「どんな話だ」

桑兵衛が訊いた。

「藩邸内にいる藩士のなかに、出奔した先崎と接触している者がいるらしいので、用心するようにとのことだった。……はっきりしないが、御使番の原田のように、他にも藩邸を出て先崎たちと接触している者がいるようだ」

「そうか」

桑兵衛が、つぶやくような声で言った。そのとき、脳裏《のうり》に留守居役の菅山のことが過《よぎ》った。菅山が陰で、御使番の原田を通じて先崎たちにも指図しているのではないかと思ったが、口にしなかった。何の確証もなかったからだ。

次に口をひらく者がなく、道場内が静寂《せいじやく》につつまれたとき、

「井川と笠原の居所が、知れたぞ」

桑兵衛は男たちに目をやった。

「知れたか」

有馬が身を乗り出した。

「豊島町にある借家だ」

桑兵衛が、前日につきとめたことを話した。

「ふたりとも、豊島町にある借家に住んでいるのだな」

有馬が念を押すように訊いた。

「そうだ」

「どうする」

「ふたりを泳がせておくのも手だが、それより、ひとり捕らえて話を聞いた方が早いかもしれんな」

有馬が言うと、脇に座していた丹波と平松が頷《うなず》いた。

「井川と笠原のどちらを捕らえる」

桑兵衛が訊いた。唐十郎と弥次郎は黙って、桑兵衛と有馬たちのやり取りを聞いて

いる。

「どちらでもいい。どうだ、借家を見張って、先に出てきた者を捕らえたら。……すこしでも長く、おれたちが捕らえたことを原田や先崎たちに知られたくない」

「これから豊島町へ行くか」

桑兵衛が言った。

「行こう」

有馬がすぐに腰を上げた。

桑兵衛、唐十郎、弥次郎、有馬、丹波、平松の六人は、狩谷道場を出ると、表通りを南にむかった。そして、神田川にかかる和泉橋を渡り、柳原通りに出ると、両国橋の方に足をむけた。

桑兵衛たちは大名屋敷の裏手を通り過ぎて、豊島町一丁目に出た。

「こっちだ」

桑兵衛が先にたって、右手の通りに入った。そして、二丁目に入ってしばらく歩いた後、路傍に足をとめ、

「そこに、借家が二軒あるが、手前の家に井川と笠原が住んでいる」

桑兵衛が、指差して言った。

「いるかな」

有馬が訊いた。

「いるはずだが、そこの家の板塀の陰に隠れて、様子をみるか」

桑兵衛が、板塀をめぐらせた仕舞屋を指差した。その妾宅ふうの家の板塀の陰は、昨日、桑兵衛、唐十郎、弥次郎の三人が身を隠して、借家を見張った場所である。

桑兵衛たちは、板塀の陰から借家の戸口に目をやっていたが、井川と笠原はなかなか姿を見せなかった。家のなかにいるらしく、ふたりの話し声がかすかに聞こえてくる。

「出てこないなァ」

平松が、生欠伸《なまあくび》を噛《か》み殺して言った。

「家に踏み込んで、ふたりとも捕らえるか」

桑兵衛が言った。

「もうすこし、待とう」

有馬が、そう言ったときだった。

借家の入り口の引き戸があいた。

「出てきた！」

唐十郎が、昂った声で言った。

戸口から出てきたのは、ふたりだった。井川と笠原である。

ただ、井川は戸口まで出てくると、家の前の通りに目をやった後、笠原に何やら声をかけて家にもどってしまった。外の様子を見にきただけらしい。

笠原だけが通りに出て、唐十郎たちのいる方へ歩いてくる。

5

「くるぞ」

有馬が笠原を見つめて言った。

「おれたち三人は、笠原の背後と脇へまわる」

桑兵衛が、唐十郎と弥次郎に目をやった。

「おれたちは、前だな」

有馬が、丹波と平松に声をかけた。

笠原は桑兵衛たちに気付いていないらしく、ゆっくりとした歩調で近付いてくる。

笠原が、桑兵衛たちの前まで来たときだった。

「いくぞ！」

桑兵衛が声をかけ、唐十郎、弥次郎とともに板塀の陰から飛び出し、笠原の背後と脇にむかって走った。

桑兵衛たちとほぼ同時に、有馬、丹波、平松の三人が飛び出し、笠原の行く手をふさいだ。

笠原は、ギョッ、とした様子で立ち止まり、その場に凍《こお》り付いたようにつっ立ったが、すぐに、逃げようとして反転した。

だが、笠原はその場から動けなかった。背後から、抜き身を手にした桑兵衛が近付いてきたのだ。左右からも、唐十郎と弥次郎が近付いてくる。ふたりとも、抜き身を手にしていた。

笠原は右手で刀の柄を摑《つか》んだが、抜かずに身を顫《ふる》わせている。

「手を下ろせ！」

桑兵衛が、笠原の喉元に切っ先を突き付けた。

笠原は身を顫わせて、刀の柄から右手を下ろした。すると、両脇から近付いてきた唐十郎と弥次郎が、笠原の両手を後ろにとって縛った。ふたりは、笠原たちを捕縛するために細引を用意してきたのだ。

「お、おれを、どこへ連れていく」

笠原が声を震わせて訊いた。

「道場で、話を聞かせてもらうか」

桑兵衛が言った。道場なら、他人の目を気にせず話が聞けるし、しばらく監禁しておくこともできる。

桑兵衛たちは、人通りのない裏路地や新道などをたどって柳原通りに出ると、和泉橋を渡って狩谷道場にむかった。

道場には、だれもいなかった。このところ、桑兵衛たちは留守にすることが多く、門弟はほとんど顔を出さなかった。

桑兵衛も唐十郎も、門弟のことはあまり気にしていなかった。門弟の束脩《そくしゅう》など当てにしていなかったし、将来を期待できる門弟もいない。それに、桑兵衛、唐十郎、弥次郎の三人は、居合の技を生かせる切腹の介錯《かいしゃく》や試刀で生きていくつもりだったのだ。

道場のなかほどに、捕らえてきた笠原を座らせると、

「笠原、ここはおれの居合の道場だ。稽古は、真剣を遣うことが多い。誤って首を斬られたり、喉を突かれたりして死ぬこともある。おぬしが首を斬られて死んでも、誤

って斬られたことにすれば、それで済む」

桑兵衛が、笠原を見据《みす》えて言った。

笠原は何も言わず、青褪《あおざ》めた顔で身を顫わせている。

「有馬どの、先に訊いてくれ」

そう言って、桑兵衛は身を退いた。

有馬は笠原の前に立ち、

「先崎、久保、渡辺の三人は、いまどこにいる」

と、笠原を見据えて訊いた。

「し、知らぬ」

笠原が声を震わせて答えた。

「井川とおぬしは、先崎たち三人と連絡を取り合っていたはずだ。おぬしが、知らぬはずはない」

有馬の語気が、強くなった。

「先崎どのたちは、原田どのが御使番として藩邸に住むようになる前、町宿として住んでいた借家に、身を隠していると聞いている」

笠原は隠さずに話した。ただ、口にしたことは、隠す必要のないことかもしれない。

「その借家は、どこにある」

さらに、有馬が訊いた。

「富沢町《とみざわちょう》と聞いている」

笠原が言った。富沢町は、浜町堀の西にひろがっている町である。

「富沢町のどこだ」

富沢町はひろい町だった。町名が分かっただけでは、探すのがむずかしい。

「おれは、行ったことがないので分からない」

「先崎たちと会って、連絡を取り合っていたのは、だれだ。やはり、原田か」

畳み掛けるように、有馬が訊いた。

「そ、それは……」

笠原が声をつまらせた。顔から血《ち》の気《け》が引き、体が顫えだした。連絡をとっている者の名は、口止めされているにちがいない。

有馬がさらに語気を強くして訊いたが、笠原は口をひらかなかった。

すると、有馬と笠原のやり取りを聞いていた桑兵衛が、

「連絡を取っているのは、だれだ！　……しゃべらなければ、おれが首を落とす。お

ぬしは、ここで切腹し、おれが介錯する」

そう言って、手にした刀を笠原の盆《ぼん》の窪《くぼ》辺りに近付けた。

ヒイッ、と笠原は悲鳴を上げ、

「は、話す、話す」

と、首を竦《すく》めて言った。

「連絡を取っているのは、だれだ」

有馬があらためて訊いた。

「は、原田どのだ」

「御使番の原田康之助か」

「そうだ」

笠原が肩を落とした。

有馬が顔を厳しくして口を閉じると、

「原田は、留守居役の菅山重左衛門どのの指図で動くことが多いと聞いたが、そうなのか」

桑兵衛が念を押すように訊いた。

「たしかに、原田は菅山さまの指図で動くことが多い」

有馬が言った。

「原田の背後には、留守居役の菅山がいるのか」

虚空《こくう》にむけられた桑兵衛の双眸《そうぼう》が、刺すようなひかりを宿している。

6

捕らえた笠原は、しばらく桑兵衛が預かることになった。笠原の不在は早晩気付かれるだろうが、捕らえたのが有馬たちであるということを、先崎たちや留守居役の菅山に知られないためである。

桑兵衛は道場でなく、裏手の母屋に笠原を監禁しておくことにした。そう長い間ではない。菅山が出奔《しゅっぽん》した先崎たちとどう関わっているのか、知れるまでである。

桑兵衛と唐十郎が、笠原を母屋に連れていって道場にもどると、

「それで、おれたちは、どう動く」

有馬が声をあらためて訊いた。

「二手に分かれよう」

桑兵衛が言った。

「二手とは」

有馬が訊くと、その場にいた男たちの目が桑兵衛に集まった。

「笠原が、おれたちに捕らえられたことは、いずれ井川や先崎たちに知れる。有馬どのたちは、藩邸にいる留守居役の菅山や御使番の原田が、どう動くか目を配っていてくれ。……おれたちは、借家に残っている井川をしばらく見張る。井川は、かならず先崎たちと接触するはずだ」

桑兵衛が、先崎たちの居所をつきとめれば、三人を討つことができると言い添えた。

「承知した」

有馬が言うと、丹波と平松もうなずいた。

「藩邸で何かあったら、知らせてくれ」

桑兵衛が、有馬たち三人に目をやって言った。


翌朝、桑兵衛、唐十郎、弥次郎の三人は道場を出ると、豊島町二丁目にある井川の住む借家にむかった。そして、遠方に借家が見えてくると、路傍に足をとめた。

「借家に井川がいるかどうか、確かめないとな」

桑兵衛が、借家に目をやって言った。

「借家に近付いてみますか」

唐十郎が言うと、桑兵衛と弥次郎がうなずいた。

三人は通行人を装って、二軒並んでいる借家に近付いた。手前の借家に、井川は住んでいるはずである。

三人はすこし間をとり、借家の前を通り過ぎた。そして、半町ほど歩いてから路傍に足をとめた。

「家に、誰かいたな」

桑兵衛が、床を歩く足音を耳にしたことを話した。

「話し声が、聞こえましたよ」

唐十郎もうなずいた。

「おれも、話し声を聞きました。何を話していたかは聞き取れなかったが、ふたりとも武士であることは分かりました」

弥次郎が、桑兵衛に目をやって言った。

「井川の家に来たとすれば、先崎たちではないかな」

桑兵衛が、御使番の原田なら、有馬たちが藩邸から尾《つ》けてきているはずだ、と言い添えた。

「踏み込みますか」

唐十郎が、意気込んで言った。

「もうすこし、様子を見よう。だれが訪ねてきているか、はっきりしてから踏み込みたい」

そう言って、桑兵衛は来た道を引き返した。唐十郎と弥次郎は、来たときと同じようにすこし間をとって歩いた。

桑兵衛たち三人は、再び妾宅ふうの家の板塀の陰に身を隠した。

それから小半刻（三十分）ほど経ったろうか。借家の入り口の引き戸があいた。姿を見せたのは、ふたりの武士である。

「井川と久保だ」

弥次郎が言った。

戸口から通りに出てきたのは、借家の住人の井川と、国元から出奔した三人のうちのひとり、久保佐之助だった。

ふたりは何やら話しながら、桑兵衛たちのいる方に歩いてくる。

「ふたりを捕らえますか」

唐十郎が、身を乗り出すようにして言った。

「行き先をつきとめてからだ」

ふたりはこれから先崎と渡辺の隠れ家に行くのではないか、と桑兵衛はみた。先崎と渡辺の居所がつかめれば、有馬たちに連絡して、出奔した三人を一挙に討つこともできる。

唐十郎が先になり、井川たちとの間を半町ほどもとって跡を尾けた。桑兵衛と弥次郎は、唐十郎からさらに間をとり、通行人を装って歩いていく。

井川と久保は通りを南にむかい、橋本町《はしもとちょう》まで来ると、左手の通りに入った。そこは裏路地で、地元の住人らしい者が目についた。そば屋、一膳めし屋、小料理屋などの飲み食いできる店が、路地沿いに並んでいる。

井川と久保は、小料理屋らしい店の前で足をとめた。古い二階建ての店で、店先に暖簾《のれん》が出ていなかった。

井川と久保は、入り口の格子戸《こうしど》をあけて店に入った。

前を行く唐十郎は、小料理屋の近くまで来て足をとめた。そして、後続の桑兵衛たちを待った。

「小料理屋に、入ったようだ」

桑兵衛が言った。

「古い店のようだが、しまっているみたいですよ」

弥次郎が、首をひねった。

「もっと近付いてみるか」

桑兵衛、唐十郎、弥次郎の三人は、小料理屋の軒下まで足を忍ばせた。

「やはり、店はひらいてないぞ」

桑兵衛が言った。

店先に暖簾が出ていなかったし、店はひっそりとして客のいる気配がなかった。

7

「井川と久保は、この店に飲みにきたわけではあるまい」

桑兵衛が言った。

「そこの一膳めし屋で、聞いてきます」

そう言い残し、唐十郎が小料理屋の斜向かいにある一膳めし屋にむかった。

唐十郎は一膳めし屋に入り、店の者と何やら話していたが、すぐにもどってきた。

「どうだ、何か知れたか」

桑兵衛が訊いた。

「小料理屋は、二年ほど前につぶれたそうです。その後、小料理屋の女将《おかみ》が、しばらく住んでいたが、半年ほど前に店を出て空き家になり、最近、武士が三人、住むようになったらしいです」

「その三人とは、先崎たちではないか」

桑兵衛が、身を乗り出して訊いた。

「一膳めし屋の親爺は、三人の名は知りませんでした」

「久保が店に入ったところからみて、先崎と渡辺もあの店にいるとみていいな。……ところで、店の家主《やぬし》はいないのか」

「家主はいるようですが、一膳めし屋のあるじも、三人の武士と家主のかかわりは、知らないようでした」

「いずれにしろ、あの小料理屋が、先崎たちの隠れ家とみていい」

桑兵衛が言った。

「もうすこし近付いてみますか」

唐十郎が言った。

「そうだな」

桑兵衛、唐十郎、弥次郎の三人は通行人を装って、小料理屋に近付いた。

店の入り口の格子戸は、しまったままだった。掛《か》け行灯《あんどん》もなく、店を見ただけで商売をしていないことが知れる。

桑兵衛たちは、店の手前まで行って足をとめた。店内からかすかに話し声が聞こえた。話の内容までは聞き取れないが、何人かの武士が話していることは分かった。

「引き返すぞ」

桑兵衛が小声で言った。

小料理屋から離れると、

「父上、どうします」

と、唐十郎が訊いた。

「いま、あの店には、四人いるとみていい」

桑兵衛が、井川、久保、先崎、渡辺の名を口にし、

「おれたち三人で、四人を討つのはむずかしい。下手をすると、返り討ちに遭《あ》うかもしれん」

と言い添えた。井川はともかく、国元から出奔した先崎たち三人は、玄泉流の遣い

手とみねばならない。久保と渡辺は弥次郎と立ち合って傷を負っているが、いずれも浅手のようだ。

「有馬どのたちに話して、手を借りよう。先崎たちの隠れ家を摑んだのだ。焦ることはない」

　桑兵衛が言った。


　二日後、有馬、丹波、平松の三人が道場に姿を見せた。

「いいところに来た。おれたちが、藩邸に行こうと思っていたところだ」

　桑兵衛が自ら出迎えた。

「何かあったのか」

　有馬が訊いた。

「いや、先崎たちの隠れ家が知れたのだ。それで、討ちとるつもりなのだが、相手は三、四人いる」

　隠れ家には、先崎、久保、渡辺の他に、井川がいっしょにいるかもしれない、と桑兵衛が話した。

「どこだ」

有馬が身を乗り出して訊いた。

「それが、橋本町にある小料理屋なのだ」

「小料理屋だと」

有馬が聞き直した。丹波と平松も、驚いたような顔をして桑兵衛を見つめている。

「つぶれた店でな。先崎たちは、そこを隠れ家にしているようだ」

「それにしても、小料理屋とはな」

「いい隠れ家かもしれん。井川の跡を尾けて、先崎たちが小料理屋にいることが分かったが、そうでなければ、摑めなかっただろうな」

「そうだな。小料理屋にいるとは、思わないからな」

「先崎たちを討とうと思うが、おれたち三人で、四人を討つのはむずかしい。うまくいって、ひとり討てるかどうかだ」

桑兵衛が言うと、すぐに有馬がうなずいた。

「むろん、おれたちもくわわる」

そして、西山さまに話して、何人か手を貸してもらってもいい、と言い添えた。

「いや、有馬どのたち三人で、十分だ」

桑兵衛は、有馬たち三人にくわわってもらえば、先崎たち三人の他に井川がいたとしても、後《おく》れをとるようなことはないとみた。人数が多すぎると、かえって取り逃がすのではあるまいか。

「分かった。それで、いつ仕掛ける」

有馬が訊いた。

「そちらの都合しだいだ」

「明後日《あさって》は、どうだ」

有馬が言うと、その場にいた丹波と平松がうなずいた。

「承知した」

桑兵衛は、明日もう一度、小料理屋に先崎たちがいるかどうか、確かめようと思った。それから桑兵衛たちは、先崎たちのいる小料理屋を襲撃する手筈《てはず》を相談した。

8

有馬たちと会った翌日、桑兵衛、唐十郎、弥次郎の三人が、先崎たちが隠れ家にしている小料理屋に行くために道場に顔をそろえたとき、ひょっこり、弐平が顔を出した。

「弐平、久し振りだな。おれたちのことは、忘れたかと思っていたぞ」

桑兵衛が言った。

「あっしも、お上《かみ》の仕事がありやしてね。いつも、旦那たちといっしょに歩きまわるわけには、いかねえんでさァ」

弐平が、照れたような顔をして言った。

「それで、お上の仕事は終わったのか」

「へい、相手はこそ泥でしてね。八丁堀の旦那が、お縄にしやした」

「おれたちに、手を貸してもらえるか」

桑兵衛が言った。

「そのつもりで来たんでさァ」

「ちょうどいい。これから、小料理屋に行くところだ」

「小料理屋ですかい。……久し振りで一杯やりやすか」

弐平が、ニヤリとした。

「その小料理屋が、悪党の巣なのだ。一杯やるどころか、下手をすると、おれたちが首を落とされる」

「く、首を落とされるのは、御免《ごめん》だ」

弐平が首をすくめて言った。

「斬り合いになったら、弐平は離れているといい」

「そうしやす」

「出かけるか」

桑兵衛たち四人は道場を出ると、小料理屋のある橋本町にむかった。

橋本町に入り、小料理屋が見える通りまで来ると、路傍に足をとめた。

「あれが、先崎たちが身を隠している小料理屋だ」

桑兵衛が、前方の小料理屋を指差して言った。

「あの店に、お侍が三人も、身を隠しているんですかい」

弐平が驚いたような顔をして訊いた。

「そうだ。だれも、小料理屋が侍の隠れ家とは思わないからな。かえっていいのかもしれん」

桑兵衛が言った。

「いまも、先崎たちはいるかな」

弐平はそうつぶやいた後、「あっしが、様子を見てきやす」と言い残し、ひとりで小料理屋に足をむけた。

弐平は通行人を装って小料理屋に近付き、店の脇で履《は》いてきた草履《ぞうり》を直すふりをして屈《かが》んでいたが、いっときすると歩きだした。そして、店先から離れたところで足をとめ、踵《きびす》を返して桑兵衛たちのいる所へもどってきた。

「どうだ、先崎たちはいたか」

すぐに、桑兵衛が訊いた。

「いやした」

弐平によると、店のなかで男の話し声が聞こえたそうだ。いずれも武家言葉で、三、四人いるようだったという。

「やはり、先崎たちはあの小料理屋を隠れ家にしているようだ」

桑兵衛が言った。

「道場に、もどりますか」

唐十郎が訊いた。

「せっかくここまで来たのだ。付近の様子を探ってみよう。明日、有馬どのたちと先崎たちを討つことになっているが、小料理屋に踏み込んで闘いたくない。狭い家のなかでやり合うと、味方から何人も犠《ぎ》牲者《せいしゃ》が出るからな」

狭い家のなかでは、居合も遣いづらい、と桑兵衛が言い添えた。

「小料理屋の前も、狭いですよ」

弥次郎が言った。

「脇に、すこし空き地があるが、あそこでは狭いな」

桑兵衛は、小料理屋の脇の空き地に目をやって言った。

雑草に覆われていたが、先崎たち三人を店から呼び出して闘うには、狭過ぎると思った。一対一ならともかく、六、七人が入り乱れるとなると、居合は満足に遣えまい。

「裏手はどうです」

弥次郎が訊いた。

小料理屋の裏手にも、広くないが、空き地があるようだ。

「裏手もみてみるか」

桑兵衛はその場に唐十郎と弥次郎を残し、弐平だけを連れて小料理屋にむかった。小料理屋から先崎たちが出てきても、桑兵衛だけなら近くにある店に飛び込んで、姿を隠せるからだ。

桑兵衛は耳を澄《す》まし、小料理屋から人の出てくる物音や話し声が聞こえないのを確かめてから、

「よし、覗《のぞ》いてみるか」

と、弐平に声をかけた。

「行ってみやしょう」

「おれが、先に行く」

桑兵衛が先にたち、小料理屋の脇から裏手にむかった。

小料理屋の裏手も空き地になっていた。地面が踏み固められている。それほど広くなかったが、先崎たち三人と闘う間はあるだろう。

桑兵衛は、先崎たちを裏手に連れだそうと思った。

「弐平、引き上げるぞ」

桑兵衛が、声をひそめて言った。

第四章　激闘

1

桑兵衛、唐十郎、弥次郎の三人は、小袖にたっつけ袴《ばかま》姿で狩谷道場を出た。これから橋本町にむかい、先崎たちを討《う》つつもりだった。神田川にかかる和泉橋のたもとで、有馬たちと落ち合うことになっていた。

弐平は先に道場を出て、橋本町にむかっていた。小料理屋に先崎たちがいるか探っているはずである。

曇天《どんてん》だった。五ツ半（午前九時）ごろだったが、夕暮れ時のように薄暗かった。

桑兵衛たちが和泉橋のたもとまで来ると、

「有馬どのたちです」

弥次郎が、和泉橋のたもとの岸際を指差して言った。

有馬、丹波、平松の三人が、神田川の岸際に立っていた。三人は、桑兵衛たちの姿を目にすると、すぐに近寄ってきた。

「先崎たちは、まだ小料理屋にいるかな」

有馬が訊《き》いた。すると、丹波と平松も、桑兵衛に顔をむけた。三人は先崎たちがいるかどうか、気になっていたらしい。

「昨日、小料理屋の様子を見に行ったのだが、先崎たちはいたようだ」

桑兵衛が言うと、有馬たち三人の顔にほっとした表情が浮いた。

「今日もいると思うが、とにかく行ってみよう」

そう言って、桑兵衛が先にたった。

桑兵衛たちは和泉橋を渡り、柳原通りを東にむかった。そして、豊島町を経《へ》て小料理屋のある橋本町に入った。

桑兵衛たちは、橋本町の通りをいっとき歩き、前方に小料理屋が見えると、路傍に足をとめた。

「あれが、先崎たちが身を隠している小料理屋だ」

桑兵衛が、前方を指差して言った。

「あの店に、身を隠していたのか」

有馬が、目を見開いた。そばにいた丹波と平松も、驚いたような顔をして小料理屋に目をやっている。小料理屋に身を隠しているなどとは、おもってもみなかったのだろう。

「弐平という岡っ引きが先に来て、小料理屋に先崎たちがいるかどうか探っているはずだ」

桑兵衛が、通りの先に目をやって言った。

「来ました、弐平が」

唐十郎が声を上げた。

見ると、弐平が小走りに近付いてくる。

弐平は桑兵衛たちのそばまで来ると、有馬たち三人に頭を下げた後、

「先崎たちは、小料理屋にいやす」

と、有馬たちにも聞こえる声で言った。

「井川はどうだ」

桑兵衛が訊いた。井川は、先崎たちの住む小料理屋に顔を出すことがあったので、確かめたのである。

「確かなことは分からねえが、井川はいねえようで」

弐平が小声で言った。

「そうか」

井川は、後で捕らえる機会がある、と桑兵衛は踏んでいたので、いなくても気落ちしなかった。有馬たちもそうだろう。

「仕掛けるか」

有馬が勢い込んで言った。

「手筈《てはず》どおり、おれと唐十郎で、先崎たちを裏手に連れ出す。有馬どのたちは、裏手に身を潜《ひそ》めていてくれ」

桑兵衛が言った。

「承知した」

「行くぞ」

桑兵衛と唐十郎が、先にたった。すこし間をとって弥次郎、さらに有馬、丹波、平松の三人がつづいた。弐平は、有馬たち三人の後からついてくる。この先は、桑兵衛たちに任せる気なのだろう。

桑兵衛と唐十郎は、小料理屋の入り口まで来て足をとめた。格子戸《こうしど》がしめてある。なかから男たちの声が聞こえた。先崎たちが話しているらしい。酒でも飲んでいるのか、男たちは濁声《だみごえ》で、猪口《ちょこ》と銚子《ちょうし》の触れ合うような音もした。

「あけるぞ」

桑兵衛が小声で言い、格子戸をあけた。

敷居の先に狭い土間があり、その奥が小上がりになっていた。小上がりに、男たちの姿があった。先崎、久保、渡辺の三人である。井川の姿はなかった。

先崎たち三人は小上がりに腰を落とし、酒を飲んでいた。

「狩谷か！」

先崎が声高《こわだか》に言った。

「小料理屋で、朝から酒か。いい身分だな」

桑兵衛が先崎を見すえて言った。

「うぬら、ふたりで来たのか」

先崎が、傍《かたわ》らに置いてあった大刀を引き寄せて訊いた。

「どうかな。……いずれにしろ、おぬしと勝負するのは、おれひとりだ」

桑兵衛は、そのつもりで来ていたのだ。

「おもしろい。おれの稲妻落としで、うぬの頭を斬り割ってくれる」

先崎が立ち上がった。

すると、久保と渡辺も脇に置いてあった刀を手にして立った。

桑兵衛と唐十郎は、先崎たち三人に体をむけたまま小料理屋から外に出た。ふたりは店先から出ると、脇の空き地にむかった。

「ここは、狭過ぎる。……先崎、おぬしの稲妻落としも遣えないぞ」

桑兵衛が挑発《ちょうはつ》すると、先崎は戸惑《とまど》うような顔をした。桑兵衛が言うように、稲妻落としを遣うには、たしかに狭過ぎると思ったようだ。

「裏手へこい。そこで、おぬしと勝負する」

桑兵衛が、先崎に体をむけたまま言った。裏手にある空き地に先崎たちを連れ出す、桑兵衛の巧みな誘導だった。

「よかろう」

先崎は、桑兵衛と唐十郎につづいて裏手にむかった。

久保と渡辺が、先崎の後についてきた。ふたりは、先崎に味方して桑兵衛たちを討つ気らしい。

2

桑兵衛と唐十郎は、小料理屋の裏手の空き地に立った。

先崎がつづき、すこし間をとって久保と渡辺がついてきた。三人の顔には、余裕があった。相手は桑兵衛と唐十郎のふたりとみたからだろう。

「先崎、おれと勝負しろ！」

桑兵衛が、声高に言った。

「望むところだ、おれの稲妻落としで、おぬしの頭をぶち割ってくれる」

先崎が薄笑いを浮かべて、桑兵衛の前に立った。

これを見た久保は渡辺とともに唐十郎に近付いてきて、

「小僧、おれたちふたりを相手にする気か」

と揶揄《やゆ》するように言った。久保が唐十郎の前に立ち、渡辺は、唐十郎の左手にまわり込んできた。

すると、小料理屋の脇に身を隠していた弥次郎、有馬、丹波、平松の四人が走り出てきて、久保と渡辺を取り囲むように立った。

「だ、騙《だま》し討ちか！」

久保が、ひき攣《つ》ったような顔をして叫んだ。

「久保、渡辺、観念しろ！」

有馬が叫んだ。

「おのれ！」

久保が叫びざま抜刀《ばっとう》した。

脇にいた渡辺も、刀を抜いた。その渡辺の前に、弥次郎がまわり込み、居合の抜刀体勢をとった。

唐十郎は、久保と対峙《たいじ》した。ふたりの間合は、およそ二間半──。狭い場所に何人もいたので、ひろく間合が取れないのだ。

久保は刀を青眼《せいがん》に構えて、切っ先を唐十郎の目にむけた。遣い手らしく、隙《すき》のない構えである。

対する唐十郎は、刀の柄《つか》に右手を添え、居合の抜刀体勢をとった。左手で刀の鍔元《つばもと》を握《にぎ》り、鯉口《こいぐち》をきっている。

このとき、桑兵衛は先崎と対峙していた。ふたりの間合は、およそ三間──。まだ、一足一刀《いっそくいっとう》の斬撃《ざんげき》の間境《まざかい》の外である。

先崎は、大上段に構えた。稲妻落としの構えである。桑兵衛は、唐十郎から先崎の遣う稲妻落としのことを聞いていたので驚かなかった。

唐十郎は稲妻落としに対し、小宮山流居合のなかの入身左旋という技で立ち向かった、と桑兵衛は聞いていた。自分も、入身左旋で対応するつもりだった。

桑兵衛は、居合の抜刀体勢をとって先崎と対峙した。

……大きな構えだ！

桑兵衛は、先崎の構えに、上から覆《おお》い被《かぶ》さってくるような威圧を感じた。だが、心の乱れはなかった。

桑兵衛は刀の柄に右手を添え、左手で刀の鯉口を切った。

先崎は全身に気勢を漲《みなぎ》らせ、いまにも斬り込んでくる気配を見せた。対する桑兵衛は、抜刀体勢をとったまま、先崎の気の動きを読んでいる。

ふたりは対峙したままいっとき動かなかったが、先崎が焦《じ》れたのか、一歩踏み込んで真《ま》っ向《こう》から斬り込んでくる気配を見せた。

ピクッ、と上段に構えた先崎の剣先が動いた。その瞬間、先崎の全身に斬撃の気がはしった。

同時に、桑兵衛の体がわずかに沈んだ。抜刀の動きである。

タアッ！

裂帛《れっぱく》の気合を発し、先崎が大上段から真っ向へ斬り下ろした。

刹那《せつな》、桑兵衛が先崎の左手から踏み込んだ。シャッという刀身の鞘走《さやばし》る音がし、閃《せん》光《こう》が横に疾《はし》った。

先崎の稲妻落としと、桑兵衛の小宮山流居合の入身左旋――。

先崎の切っ先は、桑兵衛の肩先をかすめて空《くう》を切り、桑兵衛の切っ先は、先崎の左の前腕を浅く斬り裂いた。

次の瞬間、ふたりは大きく後ろに跳《と》んで間合をとった。

先崎は、ふたたび大上段に構えた。左の前腕から、血が赤い筋を引いて流れ落ちている。

「居合が抜いたな」

動じた様子もなく、先崎が桑兵衛を見据えて言った。

桑兵衛は抜刀し、脇構えにとっていた。居合の抜刀の呼吸で脇構えから斬り上げるつもりだが、居合ほどの迅《はや》さも威力もないだろう。

だが、桑兵衛はすこしも恐れなかった。先崎の上段に構えた刀身が揺れ、構えもくずれていたからだ。先崎は左の前腕を斬られたことで、左肩に力が入っている。肩に力が入ることで、斬撃の迅さも鋭《するど》さも欠けることを桑兵衛は知っていたのだ。

弥次郎は、渡辺と対峙していた。

弥次郎と渡辺の間合は、およそ二間──。真剣勝負の立ち合いの間合としては近かった。

渡辺は青眼に構え、切っ先を弥次郎にむけていた。その切っ先が、微《かす》かに震えている。渡辺は一度、軽傷だったとはいえ弥次郎に斬られている。両肩に、力が入り過ぎているのだ。

弥次郎は、相手の弱気をみて、

……入身迅雷で斃《たお》せる！

と、踏んだ。

入身迅雷は稲妻のように迅く、雷のように鋭く、敵の正面から踏み込んで抜きつけの一刀で斃すのだ。太刀筋《たちすじ》は単純だが、迅く、鋭くという居合の最も大切なことをとり入れた技である。

「いくぞ！」

弥次郎が声をかけ、居合の抜刀体勢をとったまま一歩踏み込んだ。

刹那、渡辺の全身に斬撃の気がはしった。イヤアッ！　と、渡辺が甲走《かんばし》った気合を発し、一歩踏み込んだ。

弥次郎は、渡辺が踏み込んできた一瞬をとらえた。

素早い動きで正面から踏み込み、

タアッ！

と鋭い気合を発して、抜きつけた。

弥次郎の切っ先が、逆袈裟《ぎゃくけさ》にはしった。居合の神速の一刀である。

次の瞬間、渡辺の小袖が胸から肩にかけて斬り裂かれ、露《あら》わになった肌から血が迸《ほとばし》り出た。

渡辺は悲鳴を上げて後じさり、足がとまると、その場にへたり込んだ。

「動くな！」

弥次郎が、渡辺の喉元《のどもと》に切っ先を突き付けた。

3

桑兵衛は、先崎と対峙していた。

大上段に構えた先崎の左の前腕から、血が流れ落ち続けていた。桑兵衛に斬られた傷は浅くはなかったのである。

先崎の高くとった刀身が、震えていた。左腕の傷が疼《うず》き、肩に力が入り過ぎているのだ。

ただ、桑兵衛も抜刀し、脇構えにとっていた。脇構えから、居合の呼吸で斬り上げるつもりだったが、居合ほどの威力はない。

このとき、渡辺の悲鳴がひびいた。

先崎は大上段に構えたまま後じさり、桑兵衛との間があくと、へたり込んでいる渡辺に目をやり、

「狩谷、勝負預けた！」

と声をかけ、反転して走りだした。逃げたのである。

桑兵衛は、先崎を追わなかった。先崎の逃げ足が速かったこともあるが、手にしていた抜き身を鞘《さや》に納めたことで、さらに先崎との間があいたからだ。

先崎につづいて、唐十郎と対峙していた久保も、抜き身を手にしたまま逃げ出した。唐十郎は久保を追ったが、すぐに足をとめた。桑兵衛も有馬たちも、逃げる男たちの後を追わなかったからだ。

桑兵衛や有馬たちは、弥次郎のまわりに集まっていた。呻《うめ》き声《ごえ》を上げて蹲《うずくま》っている渡辺を取り囲んでいる。

小袖を斬り裂かれ、露わになった渡辺の胸が真っ赤に染まっていた。苦しげに顔をしかめている。

渡辺は長くない、と桑兵衛はみると、

「渡辺から、話を聞いてくれ」

と、有馬に声をかけた。

桑兵衛は、渡辺たち三人が国元から出奔した理由や藩の内部のことなど、有馬たちの方が知っているとみたのだ。

有馬は、渡辺の出血が激しいのを見て、

「おぬしと先崎、それに久保の三人が、国元の勘定奉行《かんじようぶぎよう》を斬って江戸へ逃げてきたのは、おぬしたち山方《やまかた》の不正が知れることを恐れてのことだな」

と、核心から訊いた。

「……！」

渡辺は、無言で顔をしかめていた。体の震えが激しくなっている。

「違うのか！」

有馬が語気を強くした。

「お、おれたちは、指図《さしず》にしたがっただけだ」

「だれの指図だ」

有馬が畳み掛けるように訊いた。

「か、頭《かしら》だ」

「国元にいる山方の頭か」

「そうだ」

「佐々木《ささき》玄泉か」

有馬が語気を強くして訊くと、渡辺はがっくりと頭を下げた。うなずいたらしい。口から苦しげな呻き声が漏《も》れている。

「藩有林の杉と檜《ひのき》を江戸に運んで、材木問屋から金を得ていたのだな」

有馬が訊いた。

「……」

渡辺は、ちいさくうなずいただけだった。息が乱れている。

「江戸で材木問屋とやり取りをしていたのは、だれだ！　おぬしたちではないはずだ」

「え、江戸の留守居役……」

渡辺の体の顫えが激しくなってきた。

「菅山さまか！」

有馬が身を乗り出して訊いた。

渡辺は何か言おうとして、顔を有馬にむけたが、喉から苦しげな呻き声を漏らしただけだった。そして背を反《そ》らせて顎《あご》を突き出すようにした後、ふいに全身から力を抜き、ぐったりとなった。息の音が聞こえない。

「死んだ」

有馬が、つぶやくような声で言った。

「やはり、黒幕は江戸にいる留守居役の菅山のようだ」

桑兵衛が言った。

「国元の勘定奉行を斬ったのも、江戸にいる菅山からの指図があったのかもしれん」

有馬が、顔を厳しくして言った。そばに立って話を聞いていた丹波と平松も顔をしかめている。

江戸にいる留守居役は、家老と年寄に次ぐ重職だった。それに、留守居役は、幕府や他藩との外交にあたったり、松崎藩とかかわりのある江戸の問屋との商談をおこなったりする。

藩の領内から切り出した材木の多くは、江戸の材木問屋に運ばれて売られるはずだ。材木問屋との商談にあたるのも、留守居役の仕事である。

「江戸の材木問屋と留守居役との間で、不正があっても不思議はない」

有馬の顔が厳しくなった。

次に口をひらく者がなく、重苦しい雰囲気につつまれたとき、

「ともかく、江戸にいる先崎や久保、それに井川を捕らえて口上書《こうじょうがき》をとるしかない。留守居役の菅山の悪事がはっきりすれば、藩の目付筋の者が菅山や配下の者を捕らえて吟味《ぎんみ》するだろう」

有馬が言った。すると、脇にいた丹波と平松も、うなずいた。ふたりとも、さらに顔を厳しくした。

4

桑兵衛たちが橋本町の小料理屋を襲い、渡辺を捕らえて話を聞いた三日後、有馬、丹波、平松の三人が、狩谷道場に姿を見せた。

道場には、桑兵衛、唐十郎、弥次郎の三人がいた。

「何かあったのか」

桑兵衛が、有馬に訊いた。

「桑兵衛どののたちの耳に入れておくことがあってな。それに、また桑兵衛どののたちの力を借りねばならない」

有馬が顔を厳しくして言った。

「ともかく、腰を下ろしてくれ」

桑兵衛は、有馬たち三人を道場の床に座らせた。

桑兵衛が腰を下ろすと、唐十郎と弥次郎がそばにきて話にくわわった。

「実は、留守居役の菅山が、藩邸から姿を消したのだ」

有馬は、菅山を呼び捨てにした。敵のひとりとみたからだろう。

「なに、菅山が姿を消したと！」

桑兵衛の声が、大きくなった。唐十郎と弥次郎も驚いたような顔をして、有馬に目をやっている。

「昨日から、菅山の姿が見えないのだ。……おそらく、笠原や渡辺が捕らえられ、おれたちから話を聞かれたことを知ったのだ。それで、己の悪事が露見《ろけん》したとみて藩邸から姿を消したのではないかな」

有馬が言った。

「それで、菅山はどこに身を隠したのか、見当はつかないのか」

桑兵衛が訊いた。

「おれたちは、井川と笠原の住んでいた町宿に身を隠しているのではないかとみたのだ。それで、昨日、豊島町まで行ってみた」

「そこに、いなかったのか」

「町宿は、留守だった。菅山どころか、井川の姿もなかった。おそらく、井川は菅山とともに姿を消したのだ」

有馬が、虚空《こくう》を睨《にら》むように見据えて言った。

次に口をひらく者がなく、道場内は重苦しい沈黙につつまれたが、それまで黙って聞いていた唐十郎が、

「先崎と久保も姿を隠したままだが、先崎たちの隠れ家に菅山たちもいるのかもしれませんよ」

と、身を乗り出すようにして言った。

「有馬どの、先崎たちの新たな隠れ家は知れたのか」

桑兵衛が訊いた。

「いや、分からない」

「先崎たちに味方する藩士の住む町宿ではないか」

「町宿に住む者で、井川と笠原の他に先崎たちに味方する者がいるかどうかは、判明していないが」

有馬が言うと、

「町宿ではないはずです。留守居役の菅山もいっしょのようですから」

丹波が、身を乗り出すようにして言った。

「たしかに。それに、先崎たちが潜《ひそ》んでいた小料理屋のような隠れ家が、他にもあると思えないし……」

弥次郎が、つぶやくような声で言った。

「留守居役の菅山だが、どこかに自分だけの隠れ家を持っているのではないか」

桑兵衛が、有馬に目をやって訊いた。

「独自の隠れ家か」

有馬はそう言って虚空に目をむけ、記憶をたどるような顔をしていたが、

「あるとすれば、藩とはかかわりのない場所だな」

と言って、そばにいた丹波と平松に目をやった。

「留守居役の仕事にかかわる場所ですか」

丹波が訊いた。

「そうだ。菅山が強い関係をもっているとすれば、わが藩と取引のある材木問屋だ」

有馬の声が大きくなった。

「深川佐賀町《ふかがわさがちょう》にある材木問屋の松島屋《まつしまや》ですか」

「そうだ。松島屋が藩の杉や檜の材木を一手に引き受け、江戸に運んで売りさばいているはずだ。その松島屋と取引の話をしているのは、菅山だ」

「ですが、菅山が松島屋に身をひそめているとは限りませんし、先崎たちがいっしょとなると、なおさら無理です」

丹波が首をひねった。

「松島屋の店内に、身を隠していることはないだろう。松島屋ほどの大店《おおだな》になれば、店の他に別邸を持っているのではないかな。別邸でなくとも、隠居所とか。……家族の住まいが、別にあっても不思議はない」

有馬が、桑兵衛たちにも目をやって言った。

「松島屋を探ってみるか」

桑兵衛が言うと、その場にいた男たちがうなずいた。

それから、桑兵衛たちは、松島屋を探る手筈《てはず》を相談した。

「松島屋を探っていることを知られたくない」

有馬によると、菅山の居所を探っている者がいると店の者が知れば、すぐに菅山たちは、隠れ家を変えるはずだという。

「知れないようにやるしかないな」

桑兵衛が、男たちに目をやって言った。

話が済むと、有馬が、

「明日、四ツ（午前十時）ごろ、新大橋のたもとで待っている」

と、桑兵衛たちに言って、腰を上げた。

桑兵衛、唐十郎、弥次郎の三人は、有馬たちを見送った後、道場にもどった。

「どうだ、すこし稽古《けいこ》をするか。……まだ、陽《ひ》が沈むまでには間がある」

桑兵衛が提案した。

「やります」

唐十郎が言うと、弥次郎もうなずいて立ち上がった。

5

桑兵衛、唐十郎、弥次郎、それに弐平の四人は、道場を出ると、まず大川端にむかった。今朝、弐平が道場に顔を出したので、桑兵衛が深川の佐賀町に行くことを話すと、

「あっしも、お供しやしょう」

弐平が言って、ついてきたのだ。

桑兵衛たちは賑《にぎ》やかな両国広小路を過ぎて大川端に出ると、川下に足をむけた。いっとき歩くと、前方に大川にかかる新大橋が見えてきた。

晴天のせいもあって、大川の川面《かわも》を猪牙舟《ちょきぶね》、箱船、屋形船などが行き交っていた。川沿いの道をしばらく歩くと、新大橋のたもとに立っている三人の武士の姿が見えた。有馬、丹波、平松の三人らしい。

三人は小袖に袴姿で、二刀を帯びていた。手に網代笠《あじろがさ》を持っている。

桑兵衛は有馬たちに近付くと、

「待たせたか」

と訊いた。

「いや、おれたちも来たばかりだ」

有馬が、行くか、と桑兵衛たちに声をかけた。

有馬が先に立ち、桑兵衛たちは新大橋を渡った。渡った先は、深川元町《もとまち》である。

「こっちだ」

有馬が川下に足をむけた。

すぐに、小名木川《おなぎがわ》にかかる万年橋《まんねんばし》が見えてきた。橋を渡り、さらに川下にむかうと、仙台堀《せんだいぼり》にかかる上《かみ》ノ橋《はし》のたもとに出た。橋を渡った先が、深川佐賀町である。

有馬は佐賀町に入ると、

「永代橋《えいたいばし》の手前だったな」

そう言って、さらに川下にむかった。

前方に、永代橋が近付いてきた。永代橋は、深川と日本橋《にほんばし》を結んでいる。橋上を行き来する人の姿が、ちいさく見えた。

佐賀町に入っていっとき歩くと、有馬は路傍《ろぼう》に足をとめ、

「そこにある材木問屋が、松島屋だ」

と、道沿いにあった土蔵造りの大店を指差して言った。材木問屋らしく、店の脇に二棟倉庫があり、なかに材木が積んであった。印半纏《しるしばんてん》姿の奉公人や大工らしい男などが、出入りしている。

「どうする」

桑兵衛が有馬に訊いた。

「まず、留守居役の菅山が、松島屋に来たかどうか確かめたい」

有馬が言った。

「店の奉公人に、訊いてみたらどうだ」

「ただ、店に入って松崎藩の者だと名乗ると、菅山はおれたちが探っていることに気付くはずだ」

「おれが、訊いてみよう」

そう言って、桑兵衛は松島屋の店先に目をやった。話の聞けそうな者が、店から出てくるのを待つつもりだった。

桑兵衛たちがその場に立って、小半刻《こはんとき》（三十分）も経ったろうか。大工の棟梁《とうりよう》らしい男と印半纏姿の奉公人らしい男が店から出てきた。ふたりは、話しながら二棟の倉庫の前まで来たが、奉公人らしい男だけ足をとめた。棟梁らしい男は、そのまま川下の方へ歩いていく。奉公人らしい男は、客の棟梁を見送りにきたらしい。

「あの奉公人に、訊いてみる」

桑兵衛は、小走りに奉公人に近付いた。

奉公人が踵《きびす》を返して店にむかって歩き出したとき、

「しばし、待て」

と、桑兵衛が声をかけた。

「あっしですかい」

奉公人は、怪訝《けげん》な顔をして桑兵衛を見た。いきなり、見知らぬ武士に声をかけられたからだろう。

「ちと、訊きたいことがある」

桑兵衛が言った。

「何です」

「上州に領地のある松崎藩を知っているな」

桑兵衛は、松崎藩の名を出した。

「知ってやす」

「実は松崎藩御留守居役の菅山さまに言伝《ことづて》があって参ったのだが、菅山さまはこの店に来ているかな」

桑兵衛が、声をひそめて訊いた。

奉公人は戸惑《とまど》うような顔をして口をつぐんでいたが、

「お姿を見掛けたことはありやす」

と、小声で言った。店の者に、口止めされているようだ。

「いまは、この店にいないのか」

さらに、桑兵衛が訊いた。

「おりません」

奉公人が、はっきりと言った。

「どこにおられる。お渡しする物があって、参ったのだ」

そう言って、桑兵衛は胸に手を当てた。懐《ふところ》に、書状でも入れてあるように見せかけたのだ。

「店を出られたのは知ってますが、その後、どこへ行かれたのか、てまえは存じません」

奉公人はそう言うと、桑兵衛に頭を下げ、逃げるように店にむかった。これ以上、口止めされている菅山について話すことはできない、と思ったのかもしれない。

桑兵衛は有馬たちのそばにもどり、

「菅山は、この店にはいないらしい」

と言って、奉公人から聞いたことを掻《か》い摘《つま》んで話した。

桑兵衛が有馬たちに話していると、

「店から大工の棟梁らしい男が出てきました。あの男に訊いてきます」

唐十郎がそう言い残し、足早に棟梁らしい男に近付いた。

唐十郎は男と何やら話しながら、大川端沿いの道を川下にむかって歩いた。そして、一町ほど歩いてから、唐十郎だけが足をとめた。

唐十郎は踵を返し、足早に桑兵衛たちのそばに戻ってきた。

「何か知れたか」

すぐに、桑兵衛が訊いた。

「はい、松島屋には、ここにある店の他に寝起きできるような家があるか、棟梁に訊いてみたのです。棟梁の話では、店の先代が隠居し、しばらく暮らしていた隠居所があるそうです」

「どこだ」

「川下の熊井町《くまいちょう》だそうです。川沿いで、松林のなかの景色のいい静かな場所のようです」

「そこか！　菅山たちが身を隠しているのは」

桑兵衛の声が、大きくなった。

「熊井町へ行ってみますか。それほど遠くはないはずです」

有馬が言った。

「行こう。ともかく、菅山の居所をつき止めないとな」

桑兵衛たちは、大川端の道を川下にむかって歩いた。

6

桑兵衛たちは永代橋のたもとを過ぎ、さらに川下にむかって歩いた。相川町《あいかわちょう》の町並に入っていっとき歩くと、通り沿いの家がまばらになり、人通りも少なくなった。この辺りから熊井町である。

「松島屋の先代が住んでいた隠居所は、どの辺りだろう」

歩きながら、有馬が言った。

「そこの八百屋で、訊いてみます」

唐十郎が、通り沿いにあった八百屋に小走りにむかった。

唐十郎は店先にいた親爺と何やら話していたが、すぐにもどってきた。

「隠居所は知れたか」

桑兵衛が訊いた。

「知れました。この先の通り沿いに、幹が一抱えもある太い松があるそうです。その松の木の脇にある道を入った先に、松島屋の隠居所があるそうです。隠居は亡くなったので、空き家になっているはずだと言ってました」

「そこだな」

桑兵衛が、男たちに目をやって言った。

桑兵衛たちは、さらに川下にむかって歩いた。通り沿いの家はいっそう少なくなり、松林や雑草で覆われた地などが目につくようになった。

通り沿いに松林のつづく地に入り、いっとき歩いたとき、

「その松です」

唐十郎が、通り沿いにある太い松を指差して言った。幹が一抱えもあるような太い松だった。その松の脇に、小径《こみち》がある。

小径は、松林のなかにつづいていた。松林の先は、江戸湊《えどみなと》だった。青い海原《うなばら》が広がっている。景色のいい静かな地で、別邸や隠居所に適しているようだ。

「行ってみよう」

桑兵衛が言い、唐十郎とふたりで先にたった。

松林のなかに入ると、江戸湊の海原が間近に見えた。海原の先には佃島《つくだじま》があり、さらに遠方に増上寺《ぞうじょうじ》の杜《もり》や堂塔などを目にすることができた。

松林のなかの小径をいっとき歩くと、前方に隠居所らしい家屋が見えてきた。低い板塀がめぐらせてある。

小径の突き当たりに、吹抜門があった。門扉《もんぴ》はなく、丸太を二本立てただけの簡素な門である。

桑兵衛たちは足音を忍ばせて吹抜門に近付き、なかを覗《のぞ》いてみた。門を入った突き当たりが、家の戸口になっていた。板戸がしめてある。

家のなかから、男の話し声が聞こえた。何人もいるようだ。言葉遣いから、武士が多いことが知れた。

「何人もいるな」

桑兵衛が、声をひそめて言った。

「家の脇に、まわってみますか」

唐十郎が言った。

「行ってみよう」

桑兵衛たちは板塀に身を寄せ、足音を忍ばせて家の脇へまわった。枯れ葉が積もっているので、音をたてないように抜き足差し足で歩いた。

家の脇にまわると、思っていたより大きな建物であることが分かった。座敷は、四、五間ありそうだ。家にいる男の人数も多いらしい。座敷のあちこちから、男たちの声が聞こえてくる。いずれも、武家言葉である。先崎や井川たちの他にも、菅山の配下の藩士がくわわっているのかもしれない。

海に面した側に、庭があった。松や梅などの庭木が植えられ、その先に江戸湊の海原がひろがっている。

桑兵衛たちは、庭の見える場まで来て足をとめた。板塀には隙間があり、さらに進むと、家の庭に面した座敷から桑兵衛たちの姿が目にとまる恐れがあったのだ。

「大勢いるぞ」

桑兵衛が、声をひそませて言った。

「迂闊《うかつ》に踏み込めないな」

有馬が言った。この場にいるのは七人だが、弐平は闘いにくわわらないので、六人ということになる。家のなかにいる敵の人数は、桑兵衛たちより多いようだ。

「踏み込むのは、家の様子を探ってからだな」

桑兵衛は、家にいる敵の人数だけでも摑《つか》んでからでないと、返り討ちに遭うと思った。

「引き上げるぞ」

桑兵衛が声を殺して言い、足音を忍ばせて来た道を引き返した。

桑兵衛たちは松林を抜けて表通りにもどり、来た道を一町ほどもどったところで足をとめた。

「どうだ、近所で聞き込んでみないか。あれだけの人数がいれば、隠居所から出て近所の一膳めし屋や飲み屋などに来る者がいるはずだ」

桑兵衛は、男の立ち寄りそうな店で話を聞けば、隠居所にいる者たちのことが知れるのではないかと思った。

「よし、近所で聞き込んでみよう」

有馬が言った。

桑兵衛たちは、一刻（二時間）ほどしたら、この場にもどることにして分かれた。

ひとりになった唐十郎は、来た道を引き返しながら話の聞けそうな店を探した。二町ほど歩いたろうか。唐十郎は、通り沿いにあった一膳めし屋を目にとめた。酒を飲んでいる男が何人かいる。

唐十郎が店に入って話を聞こうと思い、店先に近付いたとき、ふたりの牢人体《ろうにんてい》の男が出てきた。ふたりは店内で酒を飲んだらしく、顔が赭黒《あかぐろ》く染まっていた。足もふらついている。

「訊きたいことがある」

唐十郎が、ふたりに身を寄せて言った。

ふたりは、驚いたような顔をして唐十郎を見た。いきなり、若侍に声をかけられたのだから無理もない。

「何だ、訊きたいこととは」

丸顔で、無精髭《ぶしょうひげ》の生えた男が訊いた。

「さきほど、何人もの武士が、そこの松林のなかに入っていったのを見たのだ。松林のなかに何かあるのか」

唐十郎が、松林の方を指差して訊いた。

「ああ、材木問屋の隠居所か。……ちかごろ、二本差しが何人も出入りしているようだが、おぬし、何か聞いているか」

丸顔の男が、脇を歩いている小柄な男に訊いた。

「材木問屋は、上州の藩とかかわりがあってな、隠居所にも藩士が出入りしているようだ。……藩内で騒動があったらしいが、くわしいことは知らぬ」

小柄な男が、素っ気《そけ》なく言った。

唐十郎はふたりに礼を言って、足をとめた。それ以上訊いても、新たなことは分からないとみたのだ。

それから、唐十郎は近くにあった店の親爺や通りかかった武士に訊いてみたが、何の収穫もなかった。

7

唐十郎が待ち合わせの場所にもどると、桑兵衛と有馬たちはいたが、弥次郎の姿はなかった。

唐十郎が、ふたりの牢人から聞いたことを話し終えたとき、弥次郎が慌《あわ》てた様子で駆けつけてきた。

「本間、何か知れたか」

桑兵衛が訊いた。

「知れました。通り沿いにあった酒屋のあるじに聞いたんですが、隠居所の下働きの男に頼まれて酒を運んだそうです。そのとき、隠居所に、武士が十人ほどいたようです」

「十人か、思っていたより多いな」

桑兵衛が言った。十人のなかには、遣い手の先崎と久保がいる。井川もいるのだろう。

「菅山の配下の者が、くわわったのかもしれぬ。このまま、隠居所に踏み込んで、闘うわけにはいかないな」

有馬が言うと、

「下手に踏み込むと、返り討ちに遭う」

と桑兵衛が言い添えた。

次に口をひらく者がなく、男たちは渋い顔をして立っていたが、

「歩きながら、話そう」

と桑兵衛が言い、男たちは来た道を引き返し始めた。今日のところは、それぞれの塒《ねぐら》に帰るつもりだった。

前方に、大川にかかる永代橋が近付いてきたところで、

「隠居所に踏み込まずに、何人か討ち取ったらどうかな」

と、有馬が言った。

「どうやって、討つ」

「何人いるか分からないが、一日中、隠居所に立《た》て籠《こ》もっているはずはない。飲み食いするために町に出たり、なかには藩邸にもどる者もいるかもしれない」

「いるな」

桑兵衛が言った。

「隠居所を見張って、出てきた者を捕らえるなり討つなりして、敵の戦力が衰《おとろ》えたら踏み込めばいい」

「いい手だ。よし、明日から、隠居所から出てきた者を討ちとろう」

そう言って、桑兵衛は男たちに目をやった。


翌日、桑兵衛たちはふたたび熊井町の隠居所の近くまで来た。四ツ（午前十時）過ぎだった。昼ごろなら、昼めしを食いに隠居所を出る者がいるとみたのである。

桑兵衛たちは二手に分かれ、隠居所へつづく小径の近くに身をひそめた。桑兵衛、唐十郎、弥次郎の三人が、太い松の近くの笹藪《ささやぶ》の陰に隠れ、有馬、丹波、平松の三人は、すこし離れた場所で枝葉を茂らせていた樫《かし》の樹陰《こかげ》に身を隠した。

今日は、弐平を連れてこなかった。隠居所から出てくる武士たちと闘うつもりだったので、弐平の出番はなかったのだ。

その日は、曇天だった。厚い雲が、空をおおっている。通りを行き来するひとの姿も、いつもよりすくないようだ。

桑兵衛たちがその場に身を隠して半刻（一時間）ほど過ぎたが、隠居所からだれも出てこなかった。

「出てこないなァ」

弥次郎が、生欠伸《なまあくび》を噛《か》み殺して言った。

「交替して、昼めしでも食ってくるか」

桑兵衛が言った。

「何人かがこの場を離れたときに大勢出てきたら、残された者が返り討ちに遭うかもしれない」

唐十郎が、不安そうな顔をした。

「そうだな」

桑兵衛が、唐十郎と弥次郎に目をやって言った。

それから、さらに半刻ほど過ぎた。松の木の脇の小径に目をやっていた唐十郎が、

「来た！」

と、声を殺して言った。

見ると、ふたりの武士が、何やら話しながら小径を歩いてくる。

「見覚えのない顔だ」

桑兵衛が言った。

「留守居役の菅山の配下かもしれません」

弥次郎が身を乗り出して、ふたりの武士を見つめている。

「十中八九、菅山に仕《つか》えていた藩士だろう。有馬どのたちなら、何者か分かるはずだ」

「捕らえますか」

弥次郎が訊いた。

「捕らえよう」

桑兵衛は、笹藪の陰にいる有馬たちに目をやった。有馬たちも、身を乗り出すようにして、ふたりの武士に目をやっている。

ふたりの武士は桑兵衛たちに気付かず、何やら話しながら小径から通りに出た。そして、大川の川上の方にむかって歩いていく。

「行くぞ」

桑兵衛が唐十郎と弥次郎に声をかけ、笹藪の陰から通りに出た。そして、足早にふたりの武士に近付いた。

桑兵衛がふたりの武士の背後に迫ったとき、有馬たちが通りに飛び出し、ふたりの武士の前方にまわり込んだ。

ふたりの武士は、ギョッとしたような顔をして、その場に立《た》ち竦《すく》んだ。

桑兵衛は素早く抜刀し、切っ先を大柄な武士の喉元にむけ、

「動くな!」

と、声をかけた。

唐十郎が、もうひとりの瘦身《そうしん》の武士に身を寄せて切っ先を突き付けた。そこへ、有馬たち三人が走り寄り、ふたりの武士を取り囲むように立った。

「な、何者だ!」

大柄な武士が、桑兵衛に訊いた。

「狩谷だ。先崎たちから、話を聞いていよう」

桑兵衛が言った。

ふたりの武士は、取り囲んだ男たちが何者か分かったらしく、顔を強張《こわば》らせて身を顫《ふる》わせた。

8

桑兵衛たちは、ふたりの武士を後ろ手に縛ると、

てからである。

「いっしょに来い」

と言って、六人で取り囲んだ。そして、永代橋の方へ歩きだした。

桑兵衛たちは、ふたりの武士を隠居所から離れた場所まで連れていき、人目に触れない場所を選んで話を聞くつもりだった。ふたりをどうするか決めるのは、話を聞いてからである。

桑兵衛たちが一町ほど歩いたときだった。

隠居所につづく松の脇の小径から、武士がふたり、通りに出てきた。ひとりは、井川だった。

「おい、通りの先にいるのは、有馬たちではないか」

井川が言った。

「そうだ。捕らえられたのは、伊山俊造《いやましゅんぞう》だぞ」

「まずいな。伊山の口から、隠居所にいる者のことがみんな知れてしまう」

「どうする」

「隠居所にいる先崎どのたちに知らせよう」

「おれが行く」

もうひとりの武士が踵を返し、隠居所にむかって走った。

井川は桑兵衛たちの後ろ姿が遠ざかると、通りに出て跡を尾《つ》け始めた。先崎たちが間に合わなければ、有馬たちの行き先だけでも確かめようと思ったのである。

桑兵衛たちは、背後にいた井川たちの動きに気付いていなかった。表通りを、永代橋の方へむかって歩いていく。

桑兵衛たちが、熊井町から相川町に入ってすぐだった。背後を気にして、振り返った有馬が、

「後ろからくるのは、井川ではないか」

と、桑兵衛たちに言った。

その声で、桑兵衛たちが振り返った。

「井川だ！」

「何人もいるぞ」

桑兵衛と丹波が言った。いっしょにいた唐十郎や弥次郎も振り返った。

井川や先崎たちが、走ってくる。総勢、七、八人。いずれも武士である。

「おれたちを、襲うつもりだ！」

桑兵衛が声高に言った。

「こやつを助けにきたのではないか」

有馬が言った。

「そうかもしれん。いずれにしろ、この場で先崎たちと闘うと犠牲者《ぎせいしゃ》が出るぞ」

桑兵衛は、ここで闘うと、敵に取り囲まれて味方から何人もの犠牲者が出るとみた。人数はそれほど違わないが、先崎と久保、それに他の武士も玄泉流一門の者とみねばならない。

「こやつを放して逃げるか」

有馬の顔が強張っている。

「逃げても、何人か殺《や》られるぞ」

桑兵衛は、先崎たちから逃げ切れないとみた。すぐ背後に、迫っていたからだ。桑兵衛は周囲に目をやった。半町ほど先に、表戸をしめた家があった。空き家らしい。

「そこの空き家まで、走れ!」

桑兵衛が声をかけて走り出した。

唐十郎と弥次郎がつづき、有馬たちも遅れずに走った。捕らえた伊山は手放している。

桑兵衛たちは、空き家を背にして立った。背後からの攻撃が避けられる場所を選んだのである。

桑兵衛たちの前に、先崎たちが走り寄った。

近くを通りかかった者たちが、悲鳴を上げて逃げ散った。この辺りは永代橋に近いので、人通りは少なくなかった。町人だけでなく、武士の姿もある。

桑兵衛の前に、先崎が立った。

先崎はすでに抜刀していた。青眼に構え、切っ先を桑兵衛にむけた。対する桑兵衛は、居合の抜刀体勢をとった。

「狩谷、今日こそ、稲妻落としで斬る！」

言いざま、先崎は青眼の構えから刀を上げ、大上段に構えた。稲妻落としの構えである。桑兵衛には、恐れも驚きもなかった。すでに、先崎の遣う稲妻落としと対戦していたからだ。

このとき、唐十郎は痩身の武士と対峙していた。

武士は青眼に構え、切っ先を唐十郎の目にむけていた。その切っ先が、かすかに震えている。気の昂《たかぶ》りで、体が硬くなっているのだ。

対する唐十郎は、居合の抜刀体勢をとっていた。

……入身迅雷を遣う。

と、唐十郎は決めていた。

入身迅雷は、正面から素早く踏み込み、逆袈裟に斬り上げる技である。

唐十郎と武士の間合は、およそ二間半――。まだ、一足一刀の斬撃の間境の外である。入身迅雷で敵を斬るには、まだ間合が遠かった。

唐十郎が、先に仕掛けた。入身迅雷を遣うために居合の抜刀体勢をとったまま足裏を擦《す》るようにして、ジリジリと間合を狭《せば》めていく。

対する痩身の武士は、青眼に構えたまま動かなかったが、切っ先がすこしずつ高くなってきた。両腕に力が入り過ぎているためである。

唐十郎が、入身迅雷を放つ一歩手前まで間合をつめた。そのとき、痩身の武士の全身に斬撃の気がはしった。

イヤアッ!

痩身の武士が甲走《かんばし》った気合を発し、青眼から真っ向へ――。

だが、迅《はや》さも鋭さもない斬撃だった。

唐十郎は居合の抜刀の構えをとったまま身を退《ひ》いて敵の斬撃をかわした。そして、踏み込みざま抜きつけた。

閃光《せんこう》が、逆袈裟にはしった。次の瞬間、痩身の武士の脇腹から肩にかけて小袖が裂け、露わになった肌から血が噴いた。

痩身の武士は、呻《うめ》き声を上げて逃げようとした。だが、体が揺れ、腰からくずれるように転倒した。唐十郎の居合の抜きつけの一刀は、敵の臓腑《ぞうふ》まで斬り裂いたのだ。


弥次郎と対峙していた久保は、痩身の武士が唐十郎の居合で仕留められたのを目にすると、後じさって弥次郎との間合をとった。

そして、周囲に目をやり、

「退け！　この場は退け！」

と、叫んだ。このままだと、久保だけでなく他の仲間も斬られるとみたらしい。

久保の声で、桑兵衛と対峙していた先崎をはじめ、井川たちもそれぞれ相手から身を退いて間合を取ると、反転して走りだした。逃げたのである。

桑兵衛たちは、追わなかった。敵の逃げ足が速いこともあったが、下手に追うとバラバラになり、反撃されて命を失う恐れがあったのだ。それに、敵の居所はつかんでいたので、いつでも仕掛けられる。

先崎たちの姿が、通りの先に遠ざかっていく。

第五章　隠居所の闘い

1

狩谷道場に、六人の武士が集まっていた。桑兵衛、唐十郎、弥次郎、有馬、丹波、平松である。

熊井町の隠れ家の近くで、先崎や井川たちに襲われた翌日だった。桑兵衛たちは、隠居所に身を隠している留守居役の菅山や先崎たちをどうするか、相談するために集まったのである。

「昨夜、藩邸で年寄の長野さまにお会いし、菅山が松島屋の先代の隠居所に先崎たちと身を潜《ひそ》めていることをお話ししたのだ。そのおり、長野さまが、すでに菅山は脱藩したのと同じなので、討《う》ち取《と》ってもかまわない、とおおせられた」

有馬が、桑兵衛たちに目をやって言った。

「だが、菅山を討つ前に、先崎や久保たちを討たねばならない」

桑兵衛が言った。先崎たちを討つまでは、始末はつかない、と桑兵衛はみていた。唐十郎や弥次郎も同じ思いであろう。

「それで、おれたちはどう動く」

有馬が、その場にいた男たちに目をやって訊いた。

「熊井町の隠居所に身を潜めている者たちを、討つしかないと思いますが」

丹波が言い添えた。

「だが、下手《へた》に仕掛けると返り討ちにあうぞ」

桑兵衛が厳しい顔をした。

次に口をひらく者がなく、座敷が重苦しい沈黙につつまれたとき、

「やはり、隠居所近くに身を隠し、姿を見せた者を討つしか手はないような気がします。それに、早くしないと、菅山は隠居所から別の場所に隠れ家を変えるかもしれない。……菅山は、居所がおれたちにつかまれていることを知っているはずです」

唐十郎が言った。

「よし、明日にも、もう一度仕掛けるか」

桑兵衛が男たちに目をやった。

「何人か、人数を増やしてもいいぞ」

有馬が言った。

「いや、人数はここにいる者で十分だ。隠居所を直接襲うときに、人数を増やしてもらう。明日は近くに身を隠して、通りに出てきた者を待ち伏せするのだから、大勢で

なくともいい」

桑兵衛は、隠居所に菅山がいるかどうかはっきりさせ、敵の人数が把握《はあく》できたところで、隠居所に踏み込もうと思っていた。そのときは、相応の人数が必要になるだろう。

次に口をひらく者がなく、道場が静寂《せいじゃく》につつまれたとき、

「そろそろ、出掛けるか」

桑兵衛が言った。

「行こう」

有馬が、傍《かたわ》らに置いてあった大刀を手にして立ち上がった。

桑兵衛たちは道場を出ると、神田川にかかる和泉橋を渡り、賑《にぎ》やかな柳原通りを経《へ》て大川端に出た。そして、川下に向かい、大川にかかる新大橋を渡った。そこは、深川元町である。

桑兵衛たちは大川沿いの道を川下にむかい、佐賀町、相川町と歩き、松島屋の隠居所のある熊井町に入った。そして、通り沿いに植えられた太い松の近くまで来た。松のそばに小径《こみち》があり、菅山が身を隠している隠居所につづいている。

桑兵衛たちは、近くの樫《かし》の樹陰《こかげ》に身を隠した。そこは、前日も身を隠して、隠居所

から出てきた伊山という男を捕らえた場所である。

桑兵衛たちがその場に身を潜めて、一刻（二時間）ほど経《た》った。隠居所から、誰も出てこない。この場にきたときは陽《ひ》が高かったが、いまは西の空にまわっている。

「交替で、そばでも食ってくるか」

桑兵衛が、脇にいる有馬に声をかけた。

「そうだな。いつ出てくるか、分からんからな」

「先に、唐十郎と本間のふたりで、腹拵《はらごしら》えをしてこい」

桑兵衛が、ふたりに言った。

唐十郎と弥次郎が、樹陰から出て歩きかけた。ふいに、ふたりの足がとまり、慌《あわ》てて樹陰にもどってきた。

「来る！　ふたりいます」

弥次郎が言った。

松の脇の小径の先に、人影が見えた。ふたり、こちらに歩いてくる。ふたりは、小袖に袴《はかま》姿で二刀を帯びていた。

「原田と井川だ！」

有馬が昂《たかぶ》った声で言った。

「ふたりを捕らえよう」

桑兵衛は、原田と井川なら留守居役の菅山と松島屋のかかわりも、国元にいる山方《やまかた》の佐々木とのつながりも、知っているのではないかと思った。

「何としても、捕らえる」

有馬が意気込んで言った。

原田と井川は、桑兵衛たちに気付かないらしく、何やら話しながら歩いてくる。

桑兵衛たちは息をつめて、原田たちが通りに出るのを待っていた。

原田と井川は、小径から通りに出た。そして、永代橋の方に足をむけた。

そのとき、樹陰にいた桑兵衛たち六人が、いっせいに飛び出した。桑兵衛、唐十郎、丹波の三人が原田たちの前に。弥次郎、有馬、平松の三人が背後に——。

「有馬たちか！」

原田が叫んだ。

井川は慌てて周囲に目をやり、逃げ道を探したが、すぐに刀の柄《つか》をつかんで抜いた。逃げられないとみたようだ。

すると、有馬たちも抜刀《ばつとう》した。桑兵衛、唐十郎、弥次郎の三人は刀の鯉口《こいぐち》を切り、居合の抜刀体勢をとった。

桑兵衛は原田と対峙《たいじ》し、

「刀を捨てろ！」

と、声高《こわだか》に言った。

「き、斬り殺してくれる！」

原田は目をつり上げ、青眼《せいがん》に構えて切っ先を桑兵衛にむけた。その切っ先が、小刻みに震えている。

2

一方、唐十郎は、井川と対峙していた。

唐十郎は居合の抜刀体勢をとり、井川は青眼に構えていた。井川の腰が浮き、切っ先が小刻みに震えている。井川は隙《すき》だらけだった。真剣勝負の気の昂りと恐怖で、体が硬くなっているのだ。

……入身迅雷を遣《つか》う。

唐十郎は、胸の内でつぶやいた。入身迅雷は、正面からの一撃で敵を斃《たお》す技である。小宮山流居合の基本の技といっていい。

井川は、若い唐十郎が刀の柄を握《にぎ》ったまま動かないのを見て、真剣勝負を恐れて刀が抜けないでいると思ったらしく、

「斬られたくなかったら、身を退《ひ》け！」

と、声高に言った。

そのとき、井川の構えが乱れ、切っ先が大きく揺れた。

この隙を、唐十郎がとらえた。

居合の抜刀体勢をとったまま正面から素早い動きで間合をつめ、タアッ！　と鋭《するど》い気合を発して逆袈裟に抜きつけた。一瞬の早業《はやわざ》である。

閃光《せんこう》が疾《はし》り、井川の小袖が脇腹から胸にかけて裂け、露わになった肌に血の線がはしった。

次の瞬間、傷口から血が飛び散り、井川は血を撒《ま》きながらよろめいたが、足がとまると、その場にへたり込んだ。

一方、桑兵衛は原田と対峙していた。

桑兵衛は居合の抜刀体勢をとり、原田は青眼に構えていた。

ふたりの間合は、およそ二間半――。ふたりが刀を構えあっていれば、真剣勝負と

しては近い間合だが、居合の場合、手にした刀を相手にむけて構えないので、どうしても間合が近くなる。

「い、居合を遣うのか」

原田が、声をつまらせて訊いた。気が異様に昂っているらしく、体が小刻みに顫《ふる》えている。

「いかにも」

桑兵衛は、そのまま摺《す》り足《あし》で原田に迫った。

原田は桑兵衛の鋭い寄り身に圧倒され、身を引こうとした。その一瞬の隙を桑兵衛がとらえた。

タアッ！

鋭い気合とともに、抜刀した。

閃光が逆袈裟にはしった。次の瞬間、刀を手にした原田の右の前腕が裂け、血が飛び散った。原田は刀を取り落として、よろめいた。桑兵衛は原田を生け捕りにするため、腕を狙ったのである。

「動くな！」

桑兵衛が、切っ先を原田の喉元《のどもと》につきつけた。

原田は左手で右腕の傷口を押さえ、苦痛に顔をしかめている。そこへ、原田の背後にいた有馬と丹波が走り寄り、用意した細引で原田を縛った。

一方、井川は唐十郎に脇腹から胸にかけて深く斬られ、顔が土気色《つちけいろ》になり、体を顫わせていた。

桑兵衛は井川を見て、

……長くはもたぬ。

と、思い、有馬たちに、「ここで、井川から話を聞いてくれ」と小声で言った。

「分かった」

有馬はそばにいた丹波と平松の手を借り、地面に蹲《うずくま》っている井川の両腕を持ち、通りから見えない灌木《かんぼく》の陰に連れ込んだ。通行人の目に触れない場所で、話を聞こうと思ったのである。

桑兵衛たちも捕らえた原田を樹陰に連れていき、井川の話を聞くことにした。

「井川、隠居所には、留守居役の菅山がいるな」

有馬は、上役である菅山を呼び捨てにした。菅山は脱藩し、いまは藩士ではないとみなしていたからだ。

「……………」

井川は、顔をしかめたまま口を閉じていた。

「菅山がいるな！」

有馬が語気を強くして訊いた。

「いる……」

井川が小声で言った。

「先崎と久保は」

「ふ、ふたりも、いる」

「菅山は、国元から送られる材木の取引に長年かかわり、松島屋と昵懇《じっこん》にしていた。松島屋からの裏金がひそかに菅山に流れていたのではないか」

「……」

井川は無言だった。

「ちがうか！」

有馬が、井川を見すえて訊いた。

「そ、そうだ」

井川が、声をつまらせて認めた。

「菅山は、国元の山方の頭、佐々木玄泉ともつながっていたのだな」

有馬が念を押すように訊いた。

「そうらしい……」

井川の体の顫えが、激しくなった。目が虚《うつ》ろになっている。

ふいに、井川は顔を左右に振り、口をあけて何か言おうとした。だが、声にはならない。グッ、と喉のつまったような呻《うめ》き声を上げ、背を反《そ》らせた。井川の体が硬直し、顎《あご》を前に突き出すようにした。次の瞬間、急に体から力が抜けてがっくりとなった。息の音が聞こえない。

「死んだ」

有馬が言った。

3

有馬は井川につづいて原田の前に立ち、

「原田、御使番《おつかいばん》として萱山の指図《さしず》に従ったのか」

と、静かな声で訊いた。原田は井川の死を目の当《まあ》たりにしたせいか、青褪《あおざ》めた顔で身を顫わせていた。

「そ、そうだ」

原田は隠さなかった。もっとも、御使番として菅山の指示に従うことは、藩士ならみな知っているだろう。

「隠居所に、先崎と久保もいるな」

有馬が念を押すように訊いた。

「いる」

「そうか」

有馬は原田の前から身を退き、

「狩谷どの、何かあったら訊いてくれ」

と、桑兵衛に目をやって言った。

「先崎と久保だが、おぬしたちのように隠居所から出ることがあるのか」

桑兵衛が訊いた。

「出ることはあるが、少ないようだ」

原田は、桑兵衛にも隠さなかった。原田によると、先崎と久保は隠居所にいることが多いが、気がむくと、暗くなってから近所に飲みにいくことがあるという。

「隠居所には、下働きがいるのか」

桑兵衛が訊いた。留守居役の菅山をはじめ、先崎や久保などのめしの支度《したく》や洗濯などをする下働きがいるはずである。

「ふたりいる」

原田によると、ふたりとも年配の男で、住み込みだという。

桑兵衛はいっとき間を置いた後、原田を見すえ、

「下働きふたりは別にして、いま隠居所にいるのは、菅山の他に先崎と久保のようだが、他にもいるな」

と、念を押すように訊いた。

「いる。……他に四人」

「四人もいるのか」

桑兵衛が驚いたような顔をすると、脇にいた有馬が、

「四人の名は」

と、原田を見すえて訊いた。

「御使番の篠塚《しのづか》どの。それに徒士《かち》が三人、楢崎《ならざき》どの、笹山《ささやま》どの、奈良林《ならばやし》どの……」

原田の他に、篠塚という御使番がくわわったという。

「いずれも、玄泉流一門の者か」

有馬が訊いた。

「そうだ」

「出奔《しゅっぽん》した先崎たちと、つながりのある者だな」

「みな、国元にいるとき、玄泉流の道場に通っていたと聞いている」

「そういうことか」

有馬が、顔を厳しくしてうなずいた。

次に口をひらく者がなく、その場が沈黙につつまれたとき、

「おれを帰してくれ。知っていることは、みんな話した。それに、おぬしたちのことは、誰にも言わぬ」

原田が、その場にいた男たちに目をやって言った。

「どこに、帰るつもりだ」

有馬が原田を見すえて訊いた。

「……！」

原田は、口をつぐんだまま戸惑《とまど》うような顔をした。

「おまえを隠居所に帰せば、おれたちのことを菅山や先崎たちに話すだろう。……ここまで菅山たちを追い詰めて、逃がせというのか」

有馬が語気を強くして言った。

原田は何も言わなかった。青褪めた顔で、体を顫わせている。

有馬が口をつぐむと、その場が急に静まった。

「隠居所に、踏み込みますか」

唐十郎が訊いた。

「敵は、菅山の他に六人。いずれも、玄泉流を遣うようだ」

桑兵衛はそう言った後、いっとき間を置いてから、

「下手をすると返り討ちに遭《あ》うぞ」

と、顔を厳しくして言い添えた。

「明日、出直そう」

有馬たちは、このまま藩邸にもどり、年寄の長野に話して味方を何人か加えてもらい、明日、出直すという。

「それがいい」

桑兵衛も、このまま隠居所に踏み込むのは無謀《むぼう》だと思った。

桑兵衛たちは捕らえた原田を連れて、いったん狩谷道場にもどった。

「原田はどうする」

桑兵衛が訊いた。

「藩邸に連れていく。長野さまに現状をお話しし、捕らえた原田も引き渡せば、おれたちの話を信じて、隠居所にむかう藩士を何人か集めてくれるはずだ」

有馬が言うと、そばにいた丹波と平松がうなずいた。

「藩邸にもどろう」

有馬が立ち上がった。

念のため、桑兵衛、唐十郎、弥次郎の三人も、有馬たちといっしょに藩邸の近くまで行くことにした。

4

翌朝、狩谷道場に、九人の男が集《つど》った。桑兵衛、唐十郎、弥次郎の他に、有馬、丹波、平松。それに、新たに三人の松崎藩士がくわわった。三人の名は、木島《きじま》、利根《とね》山《やま》、室田《むろた》で、いずれも一刀流を遣うという。

有馬が木島たち三人に、隠居所に身をひそめている菅山や先崎たちのことを改めて話した上で、

「いずれも、玄泉流を遣う」

と、言い添えた。

新たにくわわった木島たちは、顔をひきしめてうなずいた。玄泉流一門のことを知っているようだ。

「先崎は、おれにやらせてくれんか。先崎の遣う稲妻落としと立ち合ったことがあり、決着をつけたいのだ」

桑兵衛が言った。

すると、有馬が、

「先崎は狩谷どのに任せるが、危ういとみたら助太刀《すけだち》に入るぞ」

と言い、唐十郎と弥次郎も、助太刀に入ることを口にした。

「勝手にしてくれ」

桑兵衛はそう言ったが、胸の内には、「先崎だけは、おれが斃す」との強い思いがあった。

「出掛けるか」

有馬が、男たちに声をかけた。

桑兵衛たちは道場を出ると、大川端の道を経《へ》て、大川にかかる新大橋を渡った。そして南にむかい、佐賀町、相川町と歩き、隠居所のある熊井町に入った。

桑兵衛たちは、通り沿いで枝葉を茂らせている太い松の木のそばまで来ると、隠居所につづく小径に目をやった。

「変わりないようだが、様子を見てくる」

桑兵衛が言い、唐十郎と弥次郎を連れてその場を離れた。

有馬たちは、通り沿いの樹陰《こかげ》に身を隠して、桑兵衛たちがもどるのを待つことにした。桑兵衛、唐十郎、弥次郎の三人が、松林のなかにつづく小径に入っていっとき歩くと、林の先に江戸湊の海原《うなばら》が広がっていた。海原の先には、佃島や増上寺の堂塔などがちいさく見えた。

前方に、隠居所が見えてきた。

「変わりないな」

桑兵衛が言った。

桑兵衛たちは、枯れ葉を踏まないように気を配りながら歩いた。忍び足で歩いても、枯れ葉を踏むと音がする。

吹抜門に近付くと、隠居所のなかから男たちの話し声が聞こえた。話しているのは、いずれも武士らしい。

会話の中から、「先崎どの」「久保どの」と呼ぶ声が聞こえた。先崎と久保がいるようだ。さらに「御留守居役は、部屋におられるのか」と口にした者がいた。同じ座敷にはいないようだが、留守居役の菅山が隠居所にいることはまちがいない。

桑兵衛たちは足音を忍ばせて、隠居所の脇を板塀沿いに歩き、海に面した側に出た。

隠居所の前に、庭があった。松や紅葉などが植えられている。庭につづいて狭い雑《ぞう》木林《きばやし》があり、その先には海原がひろがっていた。

「庭からも、逃げられるな」

桑兵衛が声を殺して言った。

「隠居所の出入り口と庭の二手に分かれて、踏み込みますか」

唐十郎が桑兵衛に身を寄せて進言した。

「そうしよう」

桑兵衛たちは、枯れ葉を踏んで足音を立てないように気をつけながら来た道を引き返した。

桑兵衛が有馬たちに、探ってきたことを話してから、

「二手に分かれよう」

と言い、その場で策を練った。

隠居所の戸口から、弥次郎、有馬、丹波、それに、木島の四人が踏み込むことになり、庭には、桑兵衛、唐十郎、平松、利根山、室田の五人が、まわることにした。庭へ向かう人数を多くしたのは、隠居所にいる留守居役の菅山や先崎たちが、いったん庭に出てから逃げようとする、とみたからである。

桑兵衛たちは吹抜門に近付くと、二手に分かれた。桑兵衛たち五人は、板塀をたどって庭にむかった。

桑兵衛たちは海に面した側に出ると、板塀のとぎれた場所まで行き、庭に植えられた松や紅葉などの樹陰に身を隠して隠居所に近付いた。

そのとき、隠居所の出入り口の方で、「敵だ！」「踏み込んできたぞ！」などという叫び声が聞こえた。つづいて、廊下を走る足音や障子《しょうじ》を荒々しく開け閉めする音が響いた。出入り口から、弥次郎たちが踏み込んだらしい。

「家のなかは、狭い。庭へ出ろ！」

「菅山さまを逃がせ！」

という声が、隠居所内で響き、庭の方へ出てくる何人もの足音が聞こえた。

「来るぞ！」

桑兵衛が、唐十郎たちに声をかけた。

すぐに、庭に面した縁側に人影があらわれた。二人、いずれも、武士である。さらに、その後方に人影があった。何人か出てくるらしい。

「先崎たちだ！」

桑兵衛が言った。

先に、縁側から庭に出てきたのは、先崎と久保だった。背後に、何人かの武士の姿が見えた。

縁側に出た数人の武士に混じって、初老の武士の姿が見えた。留守居役の菅山である。小袖に羽織姿で、袴《はか》は穿《は》いていなかった。刀も差していない。

「菅山が来るぞ」

平松が言った。

焦《あせ》ったのか、利根山がその場から飛び出そうとした。

「待て！」

桑兵衛が、手で利根山の肩先を押さえ、

「庭に出てからだ」

と、その場にいた男たちにも聞こえる声で言った。

5

縁側から庭に出てきた先崎は、誰もいないことを確認した後、

「庭から逃げるぞ！」

と、隠居所の内にむかって声をかけた。

その声で、ふたりの武士が縁側から庭に飛び下り、さらに先崎と久保、それに菅山がつづいた。

これを目にした桑兵衛が、

「いまだ！」

と、声をかけ、小走りに縁側にむかった。

唐十郎と平松たちが、つづいた。何人もの武士が、庭木の間を縫《ぬ》うように菅山たちのいる方に走っていく。

「敵だ！」

「庭からもきたぞ！」

先崎と久保の声がひびいた。

桑兵衛は、「ひとりも、逃がすな!」と叫びざま、まっすぐ先崎にむかった。ここで先崎を仕留めようと思ったのだ。

唐十郎と平松は、菅山にむかって走った。菅山のそばには、久保ともうひとりの武士がいた。もうひとりの武士は、平松によれば徒士の楢崎らしい。ふたりで、菅山を守るようにして庭から板塀のとぎれた場所へむかっていく。雑木林のなかに逃げ込もうとしているようだ。

「逃がさぬ!」

唐十郎が声を上げ、菅山の前にまわり込んだ。

「うぬの相手は、おれだ!」

叫びざま、久保が唐十郎の前に立《た》ち塞《ふさ》がった。

久保は素早く抜刀し、切っ先を唐十郎にむけた。

すぐに、唐十郎は刀の柄に右手を添え、居合の抜刀体勢をとった。

ふたりの間合は、およそ二間半——。まだ、居合で抜刀し、敵を斬る間合の外である。一方、平松は菅山の前にまわり込もうとした。すると、楢崎が平松の前に立ち塞がって切っ先を平松にむけた。

楢崎だけではなかった。隠居所から庭に飛び出した徒士の奈良林が走り寄って、平松に切っ先をむけたのだ。

「だれか、手を貸せ！」

平松が叫んだ。ふたりが相手では、太刀打《たちう》ちできないとみたようだ。

だが、唐十郎たちといっしょに庭にまわった利根山と室田は、別の敵を相手にしていて、平松のそばに近付けなかった。

この様子を目の端でとらえた唐十郎は、

……一気に勝負をつけて、平松どのに助太刀する！

胸の内で叫び、すぐに仕掛けた。

居合の抜刀体勢をとったまま素早く久保に身を寄せ、
イヤアッ！

裂帛《れっぱく》の気合を発しざま、抜刀した。

唐十郎の腰の近くから閃光が、逆袈裟にはしった。神速の抜き打ちである。

一瞬、久保は身を退いたが、間に合わなかった。

ザクリ、と久保の脇腹から肩にかけて小袖が裂け、露わになった肌に血の線がはしった。

久保は驚愕《きょうがく》に目をむき、刀を手にしたまま後じさった。袈裟に裂けた傷口から血が流れ出て、赤い布で覆《おお》うように肌を赤く染めていく。

だが、致命傷になるほどの深手ではなかった。肌を斬り裂かれただけで、臓腑《ぞうふ》まではとどかなかったようだ。

久保は、顔を苦痛に歪《ゆが》めて後じさった。そして、唐十郎から離れると、

「この勝負、預けた！」

と叫び、その場から逃げた。その声を聞いた楢崎と奈良林も平松の前から離れ、久保につづいた。

久保たちは、庭から雑木林のなかに逃げようとしている菅山の後を追った。

「菅山が、逃げるぞ！」

唐十郎は、久保とその先にいる菅山の後を追った。庭にいた利根山と室田も、唐十郎とともに菅山たちを追った。

久保たちは、菅山を守るように後につき、雑木林のなかを表通りの方にむかっていく。

唐十郎、利根山、室田の三人は、久保と菅山を追ったが、なかなか追いつけなかった。菅山は初老だが足腰は丈夫らしく、逃げ足が思いのほか速かった。

ついに久保と菅山たちが、雑木林を抜けて表通りに出た。

後を追う唐十郎たち三人も、久保たちから遅れて雑木林から表通りに出ると、通りの左右に目をやった。

「あそこだ！」

利根山が通りの先を指差した。

久保と菅山たちの後ろ姿が、遠くに見えた。彼らは小走りに表通りを北にむかっていく。

「追うぞ」

唐十郎が声を上げ、久保たちの後を追って走りだした。


このとき、桑兵衛は隠居所の庭で、先崎と対峙していた。桑兵衛は居合の抜刀体勢をとり、先崎は青眼に構えた後、刀身を上げて大上段にとった。切っ先で天空を突くように刀身を垂直に立てている。稲妻落としの構えである。

桑兵衛は、居合の技のひとつ、入身左旋を遣うつもりだった。すでに、桑兵衛は先崎の遣う稲妻落としと立ち合ったことがあり、その太刀筋は分かっていたのだ。

ふたりは対峙したまま動かなかったが、

「いくぞ！」

と、先崎が声をかけた。

桑兵衛は無言のまま、抜刀の機をうかがっている。

対する先崎は、大上段に振りかぶったまま斬り込んでくる気配を見せたが、仕掛けてこなかった。

ふたりは、対峙したまま動かなかった。

そのとき、庭にいた敵のひとりが、「菅山さまは、逃げたらしいぞ」と別の仲間に声をかけた。そして、庭から出ていく足音が聞こえた。逃げたようだ。

その足音を聞くと、先崎は大上段に振りかぶったまま素早く後じさり、

「勝負、預けた！」

と声をかけ、反転して雑木林の方にむかって走りだした。

「逃げるか！」

桑兵衛は、先崎の後を追った。

だが、先崎との間はつまらなかった。それどころか、雑木林のなかに入ると、先崎との間はひろがるばかりだった。先崎は国元にいるとき山方のひとりだった。林のなかを動くことに慣れていたのだろう。

桑兵衛が通りに出ると、先崎の後ろ姿は一町ほども遠くにあった。表通りを北にむ

かっていく。

「逃げられた……」

桑兵衛は路傍に足をとめた。

6

桑兵衛は隠居所のなかに踏み込んだ弥次郎たちと雑木林のなかで合流し、表通りを北にむかった。味方で、深手を負った者がひとりいたが、幸《さいわ》い落命した者はいなかった。

桑兵衛たちは、通りを行き交うひとに目をやりながら歩いた。逃走した菅山や先崎たちと、その後を追った唐十郎たちを探すためである。

唐十郎や久保たちの姿は、見当たらなかった。

桑兵衛たちは相川町を経《へ》て、賑やかな永代橋のたもとまで来た。辺りに目をやったが、やはり逃走した先崎たちや後を追った唐十郎たちの姿はなかった。

そのとき、弥次郎が、

「利根山どのだ！」

と、声を上げて指差した。

行き交う人の間を縫《ぬ》うようにして、利根山が近付いてくる。

「唐十郎どのたちが、菅山たちを追っています！」

利根山が、声高に言った。

「菅山たちは、どこへ逃げた」

すぐに、桑兵衛が訊いた。

「ここから、さらに川上に向かいました。唐十郎どのに、この場に残って、後ろから来る狩谷どのたちに知らせるように言われ、ここで待っていました」

利根山が、口早に喋《しゃべ》った。

「川沿いの道を川上にむかったのだな」

桑兵衛が念を押すように訊いた。

「そうです」

「行ってみよう」

桑兵衛たちは賑やかな永代橋の袂《たもと》を抜け、大川端の道を川上にむかった。

そこは、深川佐賀町だった。桑兵衛たちが、川沿いの道を川上にむかっていっとき歩くと、前方に材木問屋の松島屋が見えてきた。

　そのとき、大川の岸際に植えられた柳の陰から武士がひとり姿を見せた。唐十郎といっしょに菅山たちの後を追った室田である。

「室田どの、菅山たちはどうした」

　桑兵衛が訊いた。

「松島屋に、入りました」

「菅山たちは行き場を失い、松島屋に逃げ込んだのか」

　そう言って、桑兵衛が松島屋に目をやったとき、松島屋の近くの柳の陰から唐十郎が姿をあらわし、足早に近付いてきた。

「菅山は、松島屋に逃げ込んだようだな」

　桑兵衛が言った。

「はい、菅山と久保、それに、奈良林と楢崎という武士が松島屋に逃げ込み、すこし遅れて先崎もくわわりました」

「先崎と久保は、菅山といっしょか」

　桑兵衛が松島屋を見据えて言った。腕のたつふたりは、菅山といっしょに逃げ延びたようだ。

「どうします」

唐十郎が、桑兵衛に訊いた。

「松島屋に踏み込むのには、人数が足りないな」

桑兵衛が、その場にいる男たちに目をやって言った。

この場にいる味方は、桑兵衛、唐十郎、弥次郎、利根山、室田の五人である。敵は菅山と久保、それに、奈良林と楢崎と先崎の五人だった。笹山の姿はなかった。隠居所で斃されたのか、逃走したのかははっきりしなかった。

人数は同じだが、松島屋の奉公人がどう動くか分からなかった。松島屋は材木問屋であり、船頭《せんどう》や材木を運ぶ人足《にんそく》なども出入りしているはずである。なかには、荒くれ者もいるとみねばならない。

桑兵衛は上空に目をやり、まだ陽が高いのを見て、

「有馬どのたちが、ここに駆け付けるのを待ってもいいが、菅山たちが、松島屋に逃げ込んだことは知るまい。だれか、永代橋まで引き返し、有馬どのたちの姿を見掛けたら、ここに連れてきてくれないか」

と、その場にいた唐十郎たちに声をかけた。

「承知しました」

弥次郎が言うと、利根山と室田がうなずいた。

弥次郎たち三人はすぐにその場を離れ、永代橋にもどった。

それから、一刻（二時間）ほど経ったろうか。弥次郎たちが、四人の男を連れてもどってきた。すでに、有馬、丹波、平松、木島である。有馬と丹波は刀傷を負っていたが、浅手だった。すでに、出血もとまっているようだった。

「これだけいれば、松島屋へ逃げ込んだ者たちを討てる」

桑兵衛が、その場にいる男たちに聞こえる声で言った。新たに四人が加わると、味方は九人ということになる。

桑兵衛たちは、すぐに仕掛けなかった。暮れ六ツ（午後六時）を過ぎ、店を出入りする大工や船頭などが、いなくなるのを待つことにしたのだ。

桑兵衛たちは松島屋から離れ、暮れ六ツの鐘を待っていた。この間に、近くの一膳めし屋に入り、腹拵えをしておいた。

陽が西の空にまわり、大川の先にひろがる日本橋の家並《やなみ》の向こうに沈み、暮れ六ツの鐘の音が聞こえた。

松島屋の店先に、客の姿はなかった。店の奉公人がふたり、戸口に出て表戸をしめ始めた。

「行くぞ」

桑兵衛が声をかけた。

唐十郎や弥次郎たちが、桑兵衛につづいた。近くを通りかかった職人ふうの男が、桑兵衛たちに不安そうな目をむけている。桑兵衛たちの姿には、殺気だった雰囲気があったのだろう。

桑兵衛たちが店先に近付くと、表の大戸をしめていたふたりの奉公人のうちのひとりが、「お侍さま、何か御用でしょうか」と、不安そうな顔をして訊いた。

「店のなかにいる松崎藩の者たちに用がある」

桑兵衛が、語気を強くして言った。

「きょ、今日は、店をしめました。明日、お願いしたいのですが……」

奉公人が、声を震わせて言った。

「どかねば、斬るぞ」

そう言って、桑兵衛が刀の柄に手を添えると、

「お、お助けを！」

ひとりが懇願《こんがん》し、ふたりして店のなかに逃げ込んだ。

7
「踏み込むぞ！」

 桑兵衛が声をかけ、あいたままになっている大戸の間から店内に入った。

材木問屋らしく、土間が広かった。いまは置いていなかったが、土間に板や角材などを運び込むこともあるのだろう。

その土間の先が、広い座敷になっていた。材木を調達にきた大工の棟梁《とうりょう》や職人などと商談をする場らしい。その座敷の左手の奥に帳場机があり、番頭らしい男がひとり座っていた。その脇に、さきほど戸口から飛び込んだふたりの奉公人の姿があった。

奉公人のひとりが店のなかに入ってきた桑兵衛たちに目をむけ、

「あ、あの、お侍さまたちです」

と、声を震わせて言った。

すると番頭らしい男が立ち上がり、桑兵衛たちのそばに来ると、

「お侍さま、どのようなご用件でしょうか」

と、揉《も》み手《で》をしながら訊いた。顔が強張《こわば》っている。

「番頭か」

有馬が訊いた。

「番頭の益蔵《ますぞう》でございます」

「益蔵、おれは上州の松崎藩の者で、名は有馬だ」

有馬が名乗った。

「松崎藩のお方ですか。いつもお世話になっております」

益蔵は笑みを浮かべたようだったが、顔が歪んだだけである。

「ここにいる者は、松崎藩にかかわりのある者たちだ」

そう言って、有馬が桑兵衛たちに目をやった。

「左様でございますか。それで、どのような御用でしょうか」

益蔵が訊いた。

「わが藩の留守居役、菅山重左衛門さまが、店にみえているな」

有馬が、菅山の名を出して訊いた。

益蔵は戸惑うような顔をしたが、

「お見えですが……」

と、声をひそめて答えた。

「どこにおられる」

「そ、それは……」

益蔵が声をつまらせた。困惑《こんわく》したような顔をしている。おそらく、口止めされているのだろう。

「緊急の用でな。すぐに、知らせねばならぬことがある」

有馬が身を乗り出して言った。

「み、店の裏手でございます」

「裏手に何かあるのか」

「はい、主人の住む家がございます。その家の脇の別棟に、御留守居役さまはおられるはずです」

「裏手には、どう行く」

「帳場の脇の廊下を奥にむかいますと、主人の住む家の前に出られます。この店の脇からも行くことができますが」

「手間をとらせたな。後は、おれたちが勝手に行く。用件が済めば、すぐに店を出るので、おれたちに構うな」

有馬はそう言って、桑兵衛たちと店を出ると、すぐに店の脇にまわった。

「ここだ」

桑兵衛が、店の脇の小径を指差した。裏手に通じているらしい。

桑兵衛たちは、小径を歩いて奥にむかった。すぐに、店の裏手にある家屋《かおく》が目についた。二階建てで、何間もありそうだ。その家の脇に、別棟があった。平屋造りで、離れのような感じがする。

「近付くぞ」

桑兵衛が、声をひそめて言った。桑兵衛たちは店の裏手にまわり、二階建ての家の脇を通って、別棟に近付いた。

家のなかから、何人かの話し声が聞こえた。いずれも武家の言葉である。

「菅山と先崎がいる」

桑兵衛が、声を殺して言った。家のなかの会話から、菅山や先崎を呼ぶ声が聞き取れたのだ。

「何人もいるようです」

唐十郎が言った。

「隠居所から逃げてきた者たちだ」

桑兵衛が、菅山、先崎、久保、奈良林、楢崎の名を口にし、「先崎は、おれが討つ」と言い添えた。桑兵衛は先崎の遣う稲妻落としと決着を付けたかったし、他の者が稲妻落としを知らずに立ち合うと、頭を斬り割られる恐れがあるとみたのだ。

「敵は五人だ。味方は九人いるが、どう闘う」

桑兵衛が有馬に訊くと、

「丹波と平松のふたりは表通りに出られる道を塞《ふさ》ぎ、逃げ出す者がいたら、そこで、討ち取ってくれ」

有馬がふたりに声をかけた。

丹波と平松はすぐに承知し、表につづいている小径にむかった。

「踏み込むぞ」

桑兵衛が、その場に残った唐十郎たちに声をかけた。

唐十郎と弥次郎が家の戸口に近付き、引き戸をあけた。狭い土間があり、その先が座敷になっていた。

座敷に武士が四人いた。先崎、久保、奈良林、楢崎である。四人は、膝先に貧乏徳利《びんぼうどっくり》を置き、湯飲みで酒を飲んでいた。

「狩谷たちだ！」

久保が声を上げた。

先崎たち四人は、膝の脇に置いてあった大刀を手にして立ち上がった。座敷の先に障子がたててあり、その奥にひとのいる気配がした。菅山かもしれない。

8

「先崎、表に出ろ！　それとも、ここでやるか」

桑兵衛が、先崎に声をかけた。

先崎の遣う稲妻落としは、大上段に構えてから斬り下ろす。ここは狭い座敷だった。しかも、鴨居《かもい》がある。大上段から斬り込むのは、むずかしいはずだ。

桑兵衛の居合も、狭い部屋では遣いづらかった。離れた場所から踏み込みざま抜刀して、敵を斬る技が遣えないのだ。

「よかろう」

先崎は刀を手にして、戸口の方へ出てきた。

すると、座敷にいた久保が、先崎につづいて戸口に足をむけた。久保も、狭い座敷のなかで斬り合うのは、不利とみたようだ。

「久保、おれが相手だ！」

唐十郎が、久保を見すえて言った。

桑兵衛と唐十郎が、先に戸口から出た。先崎と久保は上《あ》がり框《がまち》の隅から土間に降り、桑兵衛たちにつづいて外に出た。

ひとり座敷に残った奈良林は、戸惑うような顔をして立っていたが、刀を手にして後じさった。奥の座敷に逃げ込もうとしている。

「逃がさぬ！」

土間にいた弥次郎が座敷に踏み込むと、有馬たちがつづいた。

奈良林が奥の障子をあけた。座敷の隅に、男がひとり立っていた。菅山である。菅山は小刀を手にしていた。小袖に角帯《かくおび》姿である。ひき攣《つ》ったような顔をし、座敷に入ってきた弥次郎や有馬たちを睨《にら》みつけた。

「寄るな！」

菅山が叫んだ。手にした小刀が、ワナワナと震えている。

座敷に入った奈良林も、菅山の脇に立ち、手にした刀を弥次郎たちにむけた。菅山を守ろうとしている。

「観念しろ！　もう逃げられぬ」

弥次郎が、刀の切っ先を奈良林にむけたまま一歩踏み込んだ。狭い座敷で敵と向き合っていたので、居合を遣うことができなかったのだ。

イヤアッ！

甲走《かんばし》った気合を発し、奈良林が斬り込んできた。

刀を振り上げざま真っ向へ――。

咄嗟《とつさ》に、弥次郎は右手に一歩踏み込みざま、刀身を横に払った。居合の呼吸で放った一撃といっていい。

奈良林の切っ先は空《くう》を切り、弥次郎の切っ先は奈良林の脇腹をとらえた。

奈良林は呻き声を上げてよろめき、足がとまると、左手で脇腹を押さえてうずくまった。指の間から、血が赤い糸のように流れ落ちている。

深い傷だった。おそらく、臓腑まで切断されているにちがいない。

「武士の情けだ！」

弥次郎は手にした刀で、奈良林の心《しん》ノ臓《ぞう》を狙って突き刺した。

弥次郎が刀身を抜くと、奈良林の胸から血が奔騰《ほんとう》した。奈良林は血を撒《ま》きながら低い呻き声を上げたが、いっときすると、ガックリと首を前に落とした。呼吸の音が聞こえない。

これを見た菅山は、ヒイイッ、と喉の裂けるような悲鳴を上げて、その場にへたり込んだ。

「縄をかけてくれ」

有馬が、利根山に声をかけた。

利根山は用意した細引を懐《ふところ》から出すと、菅山の両腕を後ろにとって縛った。菅山は身を顫わせて、利根山のなすがままになっている。


このとき、家の戸口からすこし離れた場所で、桑兵衛は先崎と対峙していた。

先崎は大上段に振りかぶり、稲妻落としの構えをとっていた。対する桑兵衛は、居合の抜刀体勢をとっている。

……入身左旋を遣う。

と、桑兵衛は決めていた。

先刻、桑兵衛は先崎の稲妻落としと同じ形で立ち合ったが、まだ手の内は見せていない。入身左旋を遣えば、先崎を斬れると踏んだのである。

ふたりの間合は、およそ二間半だった。真剣勝負の立ち合いとしては、すこし近いが、家の前が狭く、間合が広く取れない。それに、戸口近くで、唐十郎と久保が対峙していたのだ。

唐十郎は、久保と再び向き合っていた。戸口近くは狭いせいもあって、ふたりの間合は二間ほどだった。

ただ、唐十郎は居合の抜刀の構えをとっていたので、間合が近いという感じはしなかった。

久保は青眼に構え、剣尖《けんせん》を唐十郎の目にむけていた。先ほど唐十郎に脇腹から肩を斬られていたが、軽傷だったらしく腰の据《す》わった隙のない構えをしていた。

剣尖に、そのまま眼前に迫ってくるような威圧感があった。

……太刀筋はまったく鈍っていない！

と、唐十郎はみたが、驚きや恐れはなかった。唐十郎は先ほど斬った手応えから、久保の傷は浅いとみていたのだ。

ただ、久保は先崎の遣う稲妻落としのように己《おのれ》で工夫した特殊な技は、身につけていないようだ。

唐十郎は、先ほどとは打つ手を替えて、小宮山流居合の真っ向両断を遣うつもりだった。敵の正面から踏み込んで抜刀し、真っ向へ斬り下ろす技である。もっとも基本的な技だが、踏み込みの迅さと斬撃の鋭さがあれば、腕のたつ敵でも一撃で斃すことができる。

「いくぞ！」

先《せん》をとったのは、唐十郎だった。

居合の抜刀体勢をとったまま一歩踏み込んだのである。この動きに、久保が反応した。ふいに、久保の全身に斬撃の気がはしり、斬り込もうとして刀を振りかぶった。

この一瞬の動きを、唐十郎がとらえた。

わずかに右手に体を寄せざま、タアッ！　と鋭い気合を発して抜刀した。居合の神速の一刀が、敵の真っ向へ——。

刹那《せつな》、久保も斬り込んだ。

真っ向へ——。

二筋の閃光がはしった。

一瞬迅く、唐十郎の切っ先が久保の額《ひたい》をとらえ、久保の切っ先は、体を右手に寄せた唐十郎の左肩先をかすめて空を切った。

久保は前に二、三歩、踏み出したが、すぐに足がとまった。悲鳴も呻き声も上げなかった。久保は腰から崩れるように転倒した。

久保の額が割れ、血が流れ出た。仰向《あおむ》けに倒れた久保の顔を赤い布で覆うように染めていく。

久保の四肢《しし》が痙攣《けいれん》していたが、息の音は聞こえなかった。絶命したようである。

唐十郎が久保を仕留めるすこし前、桑兵衛は先崎と対峙していた。桑兵衛は居合の抜刀体勢をとり、先崎は大上段に構えていた。稲妻落としの構えである。

先崎が先を取り、大上段に構えたまま間合を狭め始めた。対する桑兵衛は、抜刀の機をうかがっている。

このとき、唐十郎の気合がひびき、つづいて久保の倒れる音が聞こえた。

すると、先崎は素早い動きで後じさり、桑兵衛との間合を取ると、

「狩谷、勝負、預けた！」

と、言いざま反転した。

そして、抜き身を手にしたまま走りだした。逃げたのである。

桑兵衛は、すぐに先崎の後を追った。逃げ道を塞いでいる丹波と平松のことが気になったのだ。

桑兵衛が表通りに向かうのを見た唐十郎も、後を追って走った。

表通りに出る道で、丹波と平松が先崎の行く手を塞いでいた。だが、ふたりの腰は引け、構えた刀が震えている。先崎の迫力に、圧倒されているのだ。

「どけ！」

叫びざま、先崎が踏み込んだ。

丹波と平松は、慌てて道の両側に身を退いた。すると、先崎は抜き身を手にしたまま、ふたりの間を走り抜けた。

桑兵衛と唐十郎が走り寄ったとき、先崎の後ろ姿は遠くなっていた。

「に、逃げられました」

丹波が声を震わせて言った。

「いずれ、先崎はおれが斬る」

桑兵衛が、先崎の後ろ姿を見すえながら言った。

第六章　稲妻《いなずま》

1

「本間、いくぞ！」

桑兵衛が弥次郎に声をかけた。

そこは、狩谷道場だった。桑兵衛、弥次郎、唐十郎の三人がいた。

桑兵衛は居合の抜刀《ばっとう》体勢をとり、弥次郎は大刀を大上段に構えていた。唐十郎は、すこし離れた場で、桑兵衛と弥次郎に目をやっている。

桑兵衛は、弥次郎に先崎の遣《つか》う稲妻落としの構えをとらせ、居合で破るための稽古《けいこ》をしていたのだ。

桑兵衛たちが、松島屋の裏手にある家で菅山を取り押さえ、久保を仕留めたが、先崎には逃げられた。桑兵衛は先崎を討《う》たねば、始末はつかないと思っていた。

「入身左旋を遣う」

桑兵衛が、弥次郎に声をかけた。

すでに、桑兵衛は先崎の遣う稲妻落としと幾度か対戦していた。ただ、手の内はまだ見せておらず、入身左旋で先崎を斬れる、とみていたのだ。

「いきます！」

弥次郎が声をかけ、一歩踏み込んで、上段から真っ向へ斬り下ろす気配を見せた。

すると、桑兵衛の体が躍《おど》った。

弥次郎が、素早く上段から真っ向へ斬り下ろす。桑兵衛は弥次郎の左手に踏み込みざま、抜きつけた。

次の瞬間、弥次郎の切っ先は、桑兵衛の肩から一尺ほど離れて空《くう》を切った。

一方、桑兵衛の切っ先は、弥次郎の左の前腕から五寸ほど離れた場に伸びていた。

ふたりとも、相手に切っ先がとどかないように刀をふるったのだ。それでも、相手を斬れたかどうかは分かる。

ふたりは後ろに身を退《ひ》いて、大きく間合をとると、

「いま、一手！」

桑兵衛が、弥次郎に声をかけた。

弥次郎はおよそ二間半ほどの間合をとって大上段に構え、対する桑兵衛は納刀《のうとう》して居合の抜刀体勢をとった。

それから、ふたりは小半刻《こはんとき》（三十分）ほど、稲妻落としを破るための稽古をつづけた。そのとき、道場の戸口で足音が聞こえた。何人か、入ってきたらしい。

「見てきます」

そう言い残し、唐十郎が戸口にむかった。

唐十郎が道場に案内してきたのは、有馬、丹波、平松の三人だった。

「稽古中ですか。邪魔をしては、申し訳ない。稽古が済むまで、待たせてもらう」

有馬が言った。

「いや、ちょうど、稽古を終わりにしようと思っていたところだ」

桑兵衛は、有馬たちに腰を下ろすよう話した。

桑兵衛たち六人は、道場のなかほどに車座になって腰を下ろした。

「有馬どの、何かあったのか」

桑兵衛が訊《き》いた。有馬たち三人は、桑兵衛たちに何か知らせることがあって、道場に足を運んできたとみたのだ。

「いや、捕らえた菅山の訊問《じんもん》で、新たなことが分かったので、桑兵衛どのたちにも話しておこうと思って寄らせてもらったのだ」

「話してくれ」

桑兵衛が、有馬たち三人に目をやって言った。

「やはり、菅山が己《おのれ》の役職を利用して松島屋と結託し、私腹を肥《こ》やしていたようだ」

有馬が言った。

「そうか」

桑兵衛は、驚かなかった。菅山が松島屋の隠居所に先崎たちと身を隠していると聞いたときから、菅山と松島屋の癒着《ゆちゃく》を感じとっていたのだ。

「菅山は留守居役の立場を利用して、松島屋に出入りしていたのだろうが、国元にも菅山と通じていた者がいるのではないか」

桑兵衛が訊いた。

江戸にいる者だけで、国元から江戸へ運ぶ材木を取り扱うことはできないはずだ。それに、国元にいる山方の頭《かしら》の佐々木玄泉が、藩有林の杉や檜《ひのき》を松島屋に運んで私腹を肥やしているらしい、と桑兵衛は聞いていた。

「菅山は佐々木とのかかわりも自白した。やはり、国元では佐々木が中心になり、藩有林の杉や檜を松島屋を通して江戸に運んでいたようだ。……江戸で松島屋に出向き、材木の商談をしていたのは、菅山だ。佐々木と菅山が、本来藩に入るはずの金を懐《ふところ》に入れていたのは、まちがいない」

有馬は、菅山を呼び捨てにした。悪事がはっきりしたからだろう。

「菅山はどうなる」

桑兵衛が訊いた。

「国元の佐々木を捕らえ、吟味《ぎんみ》してからになるだろうが。……菅山はよくて切腹、家は断絶ということになるだろうな」

有馬が、虚空《こくう》を睨《にら》むように見すえて言った。

次に口をひらく者がなく、道場内が重苦しい沈黙につつまれると、

「残るは、先崎だな」

と、桑兵衛がつぶやくような声で言った。

「そう言えば、藩士のなかに、先崎を見掛けた者がいたな」

有馬が言った。

「どこで、見た」

桑兵衛が、身を乗り出すようにして訊いた。弥次郎と唐十郎の目も、有馬にむけられている。

「以前、先崎たちは、橋本町の小料理屋に身を隠していたことがあったな」

有馬が小声で言った。自信がないのかもしれない。

「小料理屋にいるのか」

桑兵衛が訊いた。

「いや、小料理屋の近くを通りかかった藩士が、先崎らしい武士を見掛けただけでな。小料理屋にいるかどうか、分からないのだ」

「その武士は、ひとりだったのか」

「そうらしい」

「小料理屋に、いるかもしれん」

桑兵衛は、近所で聞き込めば、先崎が小料理屋にいるかどうか分かると思った。

2

「どうだ、これから橋本町へ行ってみるか」

有馬が、桑兵衛たちに目をやって言った。

「行ってみよう」

桑兵衛は、小料理屋に先崎がいれば、その場で勝負してもいいと思った。

さっそく、桑兵衛たちは有馬たちとともに道場を出て、小料理屋のある橋本町にむかった。

桑兵衛たちは道場を出ると、柳原通りを経《へ》て豊島町に入った。そして、さらに南に歩いて橋本町まで来た。

前方に小料理屋が見えてくると、桑兵衛たちは路傍《ろぼう》に足をとめた。

「ここにいてくれ。おれが様子を見てくる」

桑兵衛は、ひとりで小料理屋に足をむけた。

桑兵衛は通行人を装い、小料理屋の前に近付いた。店先に、暖簾《のれん》は出ていなかった。

桑兵衛は、店の入り口の格子戸《こうしど》に身を寄せた。ひっそりとして、物音も人声も聞こえなかった。

……だれも、いないようだ。

桑兵衛は店内にひとがいないのを感じとった。店先で踵《きびす》を返すと、有馬たちのいる場にもどった。

「店には、だれもいない」

桑兵衛が言った。

「先崎は、たまたま小料理屋の前を通りかかっただけかな」

有馬が、がっかりしたような顔をした。

「この近くで先崎の姿を見掛けた者がいるなら、少なくとも一度、小料理屋に立ち寄ったのはまちがいないだろう。……せっかく来たのだ、近所で聞き込んでみるか」

桑兵衛は、その場にいた男たちに目をやって言った。

「そうだな。近所の住人のなかにも、先崎を見掛けた者はいるはずだ」

桑兵衛たち六人は、一刻（二時間）ほどしたらこの場にもどることにして、別々になった。

ひとりになった唐十郎は、通りの先に目をやった。話の聞けそうな店はないか、探したのである。

通り沿いには、そば屋、一膳めし屋などの飲み食いできる店が並んでいた。

「あそこに、八百屋《やおや》がある」

唐十郎は、小料理屋の半町ほど先に八百屋があるのを目にとめた。店先に、親爺《おやじ》らしい男がいて、女と何か立ち話をしている。女は近所に住む女房らしかった。野菜でも買いにきて、親爺と世間話を始めたらしい。

唐十郎は店の親爺に訊いてみようと思い、店の近くまで行くと、都合のいいことに、女が親爺に声をかけて店先から離れた。

親爺は店先の台の上の大根を並べ替えていたが、唐十郎が近付くと、怪訝《けげん》な顔をした。武士が八百屋に顔を出すことなどなかったからだろう。

「訊きたいことがある」

唐十郎が穏《おだ》やかな声で言った。

「なんです」

親爺が、大根を手にしたまま訊いた。

「そこに、小料理屋があるな」

唐十郎が、小料理屋を指差して言った。

「ありやすが」

「あの小料理屋に武士が住んでいたのだが、ちかごろ見掛けたことはないか」

「昨日、見掛けやした」

「見たか」

唐十郎の声が、大きくなった。

「へい」

「武士はひとりだったか」

「ひとりでした。……あのお侍《さむらい》は、小料理屋に住んでたんでさァ。ここ数日、見掛けなくなったが、また、もどってきたようで」

「そうか」

唐十郎は、小料理屋を見張っていれば、先崎はもどってくるのではないかとみた。先崎は仲間の藩士が討たれたり捕らえられたりして行き場を失い、空き家のようになっていた小料理屋にもどってきたらしい。

「手間をかけたな」

唐十郎は、親爺に声をかけてその場を離れた。

唐十郎はさらに通りを歩き、目についた下駄屋に立ち寄って話を聞いたが、新たなことは分からなかった。

まだ、一刻（二時間）は経っていなかったが、唐十郎は桑兵衛たちと分かれた場所にもどった。

有馬、丹波、平松の三人の姿はあったが、桑兵衛と弥次郎はまだだった。いっときすると、桑兵衛と弥次郎の姿が見えた。足早にもどってくる。

桑兵衛と弥次郎が近付くと、

「先崎の様子が知れました」

唐十郎が言い、八百屋の親爺から耳にしたことを話した。

「おれも、先崎らしい武士が、小料理屋から出てくるのを見掛けたという話を聞いたぞ」

有馬が言った。

すると、弥次郎が、

「先崎だがな。この先にある一膳めし屋で飲み食いしているようだ」

と言って、もどってきた道の先を指差した。

「いずれにしろ、先崎が小料理屋にもどっていることは間違いない」

桑兵衛が、その場に集《つど》った男たちに目をやって言った。

桑兵衛たちは、小料理屋に足をむけた。近くに身を隠して、先崎が小料理屋にもどるのを待つことにしたのである。

3

桑兵衛たちは、小料理屋の近くで二手に分かれた。

桑兵衛、唐十郎、弥次郎の三人が、小料理屋の脇に身を隠し、有馬、丹波、平松の三人は、すこし離れた通り沿いで枝葉を茂らせていた椿《つばき》の樹陰《こかげ》に身を隠した。

桑兵衛はこの場に来る前、有馬たち三人に、

「おれは、先崎の遣う稲妻落としと勝負するつもりで来ている。有馬どのたちは、手

を出さず、遠くから見ていてくれ」

と、頼んだ。

「しかし、先崎はここにいる皆の手で……」

討ち取りたい、と言いかけた言葉を、有馬は呑《の》んだ。桑兵衛の剣客《けんかく》としての強い思いに触れたからである。

いっしょにいた丹波と平松も、顔を厳しくしてうなずいた。

桑兵衛たちは小料理屋の脇に身を隠し、先崎がもどるのを待ったが、なかなか姿を見せなかった。

陽《ひ》は西の家並《やなみ》のむこうに沈みかけていた。暮れ六ツ（午後六時）近くになったせいか、仕事帰りの職人や物売りなどが、足早に通り過ぎていく。

「今日は、来ないかな」

唐十郎が、通りの先に目をやってつぶやいたとき、向こうから武士があらわれた。こちらに歩いてくる。

「先崎だ！」

唐十郎が、身を乗り出した。

「来たな」

桑兵衛は、近付いてくる先崎を見すえて言った。

先崎は小袖に袴《はかま》姿だった。大小を帯びている。近くに武士の姿はなかった。先崎は塒《ねぐら》にしている小料理屋に帰ってきたのだろう。

桑兵衛は念のため腰に帯びている大刀の柄《つか》を握《にぎ》って、すこしだけ抜いてみた。居合は一瞬の抜刀に勝負をかけることが多い。ふだんと変わりなく、抜刀できるか確かめてみたのである。

先崎は桑兵衛たちには気付いていないらしく、肩を振るようにして歩いてくる。

先崎が小料理屋に近付いたとき、唐十郎の気が逸《はや》って、通りに飛び出そうとした。その肩を桑兵衛が摑《つか》み、「唐十郎、手筈《てはず》どおりだ」と小声で言った。

唐十郎は、顔をひきしめてうなずいた。

先崎が小料理屋の戸口まで来て、格子戸を開けようとした。

そのとき、桑兵衛、唐十郎、弥次郎の三人が、いっせいに飛び出した。

先崎は、ギョッとしたように身を硬くして振り返った。

桑兵衛は先崎の前に、唐十郎と弥次郎は通りを走って、先崎の背後にまわり込んだ。逃げ道を塞《ふさ》いだのである。

先崎は前に立った桑兵衛を睨むように見据え、

「多勢で、待ち伏せか！」

と、声高《こわだか》に言った。

「先崎、おぬしとの勝負は、おれがやる。後ろにまわったふたりは、おぬしの逃げ道を塞ぐつもりだ」

桑兵衛が言った。

「おのれ！」

先崎は刀の柄に右手を添えた。

桑兵衛は素早く左手で鯉口《こいぐち》を切り、右手を柄に添えて抜刀体勢をとった。桑兵衛は、かねての作戦どおり小宮山流居合の入身左旋を遣うつもりだった。先崎の遣う稲妻落としに、遅れをとることはないとみていたからだ。

……先崎との間合は、およそ三間。

桑兵衛が、胸の内で読んだ。居合は対峙《たいじ》した敵との間合を読むことが大事だった。

一寸の差が、勝負を決する。

「いくぞ！」

先崎が抜刀した。そして、刀を大上段に構えた。桑兵衛が弥次郎相手にひたすら攻略の策を練ってきた、稲妻落としの構えである。

桑兵衛は、先崎の大きな構えに上から覆《おお》い被《かぶ》さってくるような威圧を感じたが、動揺はなかった。気を静め、先崎が仕掛けるのを待っていた。上段から斬り込んでくるときの一瞬の隙《すき》をとらえるのだ。

ふたりは全身に気勢を漲《みなぎ》らせ、斬撃《ざんげき》の気配を見せて気魄《きはく》で攻め合っていた。気攻めである。

先に、先崎が焦《じ》れた。突如《とつじょ》、先崎は、イヤアッ！　と裂帛《れっぱく》の気合を発した。気合で、桑兵衛の気を乱そうとしたのだ。

だが、気合を発したことで、先崎の構えがくずれた。この一瞬の隙を桑兵衛がとらえた。

桑兵衛は、抜刀体勢をとったまま一歩踏み込んだ。

刹那《せつな》、先崎の天を向いた切っ先が、ビクッ、と動き、全身に斬撃の気がはしった。だが、先《せん》をとったのは、桑兵衛だった。居合の抜刀体勢をとったまま左手から一歩踏み込んだのだ。

シャッ、という刀身の鞘走《さやばし》る音がし、閃光が横に疾《はし》った。小宮山流居合の技のひとつ、入身左旋である。

刹那、先崎が、タアッ！　という鋭い気合を発し、大上段から斬り下ろした。稲妻落としの一撃だった。

入身左旋と稲妻落とし――。

ふたりの体が躍《おど》り、二筋の閃光が疾った。

先崎の切っ先が桑兵衛の小袖の肩先を斬り裂き、桑兵衛の切っ先は先崎の左腕をとらえた。

ふたりは素早く後ろに身を退き、大きく間合をとった。ふたりとも敵の二《に》の太刀《たち》を恐れたのだ。

先崎の左の前腕が裂け、血が赤い筋を引いて流れ落ちている。

先崎はふたたび、大上段に構えた。稲妻落としを遣う気らしい。左腕の傷口から流れ出た血が、先崎の左腕を赤く染めていく。

対する桑兵衛は、脇構えにとった。抜刀してしまったので、居合は遣えない。下手に納刀しようとすると、刀を鞘に納め、居合の抜刀体勢をとるまでの間に、敵に斬り込まれるのだ。

桑兵衛は、焦《あせ》らなかった。抜刀しても、先崎と闘う手はあった。脇構えから、居合の抜刀の呼吸で斬り込むのである。

4

先崎が、桑兵衛が見据えて言った。双眸《そうぼう》が、燃えるようにひかっている。

「刀を抜いても、おぬしに遅れをとることはない」

桑兵衛が、先崎を見据《みす》えて言った。

「面が、がらあきだぞ」

先崎の口許《くちもと》に、薄笑いが浮いた。桑兵衛が抜刀したので、稲妻落としはかわせないとみたのだろう。

このとき、先崎の背後にいた唐十郎と弥次郎は、桑兵衛に助太刀《すけだち》しようとして間を狭《せば》めてきた。

「寄るな。勝負はこれからだ」

桑兵衛が唐十郎と弥次郎を制した。

桑兵衛は、脇構えにとったまま先崎と対峙していた。

ふたりの間合は、およそ二間――。

真剣での立ち合いとしては、間合が近かった。一合したことで、間合が近くなったのだ。

ふたりは、いっとき斬撃の気配を見せ、気魄で攻め合っていたが、今度は先崎が先をとった。左腕の傷口から流れ出る血のせいで、大上段に振りかぶっていることに焦れたのだ。

「行くぞ！」

先崎が声をあげ、足裏を擦《す》るようにしてジリジリと間合を狭めてきた。

対する桑兵衛は、動かなかった。気を静めて、先崎との間合と上段から稲妻落としで斬り込んでくる気配を読んでいる。

ふいに、先崎の寄り身がとまった。まだ、一足一刀《いっそくいっとう》の斬撃の間境《まざかい》まで、半間ほどある。間合が狭まっても動じない桑兵衛を見て、このまま踏み込むのは危険だと察知したらしい。

先崎は全身に斬撃の気配を見せ、イヤアッ！　と裂帛の気合を発した。気合で、桑兵衛の気を乱そうとしたのだ。

だが、気合を発したことで、ふたたび先崎の大上段に振りかぶっていた構えがくずれた。この一瞬の構えの乱れを桑兵衛がとらえた。

桑兵衛の全身に、斬撃の気がはしった。

タアッ！

鋭い気合を発し、桑兵衛は左手に踏み込みざま、居合の呼吸で脇構えから袈裟《けさ》に斬り上げた。

迅い！　体捌《たいさば》きが、居合の抜刀のときとあまり変わらない。

刹那、先崎が反応した。

甲走《かんばし》った気合を発し、大上段から真っ向へ斬り下ろした。稲妻落としの一撃である。

桑兵衛の切っ先は先崎の脇腹をとらえ、先崎の切っ先は、桑兵衛の小袖の左肩を斬り裂いた。

ふたりは交差し、間合を大きくとると、反転して構えあった。桑兵衛は脇構えにとり、先崎はみたび稲妻落としの構えをとった。

先崎は苦しげに顔をしかめていた。脇腹を斬り裂かれ、小袖が血で真っ赤に染まっている。

対する桑兵衛の左肩も、血に染まっていた。脇構えにとった刀身が、小刻みに震えている。

「先崎、刀を引け！　勝負あったぞ」

桑兵衛が声をかけた。

「まだだ！」

先崎が、いきなり仕掛けてきた。

大上段に振りかぶったまま間合を狭めてくる。気攻めも、牽制《けんせい》もなかった。捨て身の攻撃である。

先崎は一足一刀の斬撃の間境に迫るや否《いな》や、イヤアッ！　と甲走った気合を発して斬り込んできた。

大上段から真っ向へ――。

稲妻落としの斬撃だったが、迅さも鋭さもなかった。桑兵衛には、先崎の太刀筋がはっきりと見えた。

桑兵衛は右手に体を寄せて、稲妻落としの斬撃を躱《かわ》すと、
タアッ！

と、鋭い気合を発し、高い脇構えから掬《すく》い上げるように刀身を払った。

切っ先が、先崎の首をとらえた。

首から血が激しく噴出した。先崎は血を撒《ま》きながら、前によろめいた。そして、足

がとまると、腰から崩れるように転倒した。

地面に俯《うつぶ》せに倒れた先崎は四肢《しし》を動かし、苦しげな呻《うめ》き声をもらしていたが、いっときすると、動かなくなった。死んだらしい。

桑兵衛は血刀《けつとう》を引《ひ》っ提《さ》げたまま、先崎の脇に立ち、

「稲妻落としを破った」

と、つぶやいた。桑兵衛の双眸から殺気だったひかりが消え、ふだんと変わりない表情を取り戻していた。乱れている息も収まっている。

桑兵衛は手にした刀に血振《ちぶ》りをくれ、静かに納刀した。血振りは、刀身を振って付着した血を切ることである。

そこへ、唐十郎と弥次郎が走り寄ってきた。

「さすが、御師匠だ。先崎の遣う稲妻落としも、御師匠の敵ではない」

と、弥次郎が昂《たかぶ》った声で言った。

そのとき、すこし離れた場所で桑兵衛と先崎の立ち合いを見ていた有馬、丹波、平松の三人が、足早に近付いてきた。

有馬が血塗《ちまみ》れになった凄絶《せいぜつ》な先崎の死体に目をやり、

「これで、始末がついた」

と、ほっとした顔をして言った。丹波と平松は、息を呑《の》んで先崎の死体を見つめている。

「先崎の亡骸《なきがら》を捨てておけないな」

桑兵衛が、先崎の死体に目をやって言った。

「小料理屋のなかまで運んでおくか。後で、おれたち藩の者で、遺体の始末をする」

有馬が言った。

「そうしてくれ」

桑兵衛たちは先崎の死体を小料理屋まで運び、店内の土間に横たえた。

「おれたちの仕事も、終わったようだ」

桑兵衛が、つぶやくような声で言った。

5

「そろそろ、来てもいいころだな」

桑兵衛が、唐十郎と弥次郎に目をやって言った。

三人がいるのは、狩谷道場だった。一刻（二時間）ほど前から、三人はそれぞれ居合の稽古をしていたが、有馬たちが道場に来るころなので、稽古をやめたのだ。

一昨日、有馬が道場に顔を見せ、此度《こたび》の騒動の始末がつきそうなので、明後日《あさって》に改めて道場に伺《うかが》いたい、との話があった。

「有馬どのだけですか」

唐十郎が訊いた。

「いや、何人か連れてくるような口振りだったぞ。だれがいっしょか、分からないが」

桑兵衛が言った。

それから小半刻（三十分）も経ったろうか。道場の戸口に近寄る何人もの足音がした。

「大勢のようですよ」

そう言って、唐十郎が立ち上がった。

唐十郎が、道場内に連れてきたのは、六人の武士だった。有馬、丹波、平松の三人の他に、新たにくわわった木島、利根山、室田の三人の姿があった。

「済まぬ。大勢で押しかけて」

有馬が照れたような顔をして言った。

「ともかく、腰を下ろしてくれ」

そう言って、桑兵衛が、有馬たち六人を道場の床に座らせた。合わせて九人もの人物が道場に居並ぶのはめずらしい。

有馬は腰を下ろすと、桑兵衛、唐十郎、弥次郎に目をやり、

「稽古か」

と、訊いた。

「いや、稽古といえるようなものではない。体をほぐしていたところだ」

「稽古の邪魔をしては悪いと思ってな。少し遅めの刻限に伺ったのだ」

有馬が声をあらためて言った。

「話してくれ」

「江戸での騒動は、狩谷どのたちの御蔭で片が付いた」

有馬はそう言った後、萱山は切腹で、家には断絶の沙汰《さた》が下されたことを話し、

「仕方あるまい。萱山は、本来藩に入るはずの金をくすね、留守居役という立場を利用して私腹を肥やしていたのだからな」

と、言い添えた。

「やはりそうか」

桑兵衛は、予想したとおりの処分となったので、驚きはなかった。

「国元はどうなった」

桑兵衛が訊いた。

「国元も、あらかた始末がついたようだ。……山方の頭の佐々木玄泉は、江戸で菅山が捕らえられ、切腹の沙汰がくだされたことを知ると、自ら腹を切ったらしい」

そう言った後、有馬が、「菅山と同様、佐々木の家も断絶になったようだ」と言い添えた。

「そうか」

桑兵衛は何も言わなかったが、胸の内で、「仕方あるまい」とつぶやいた。

唐十郎と弥次郎も何も言わなかったが、桑兵衛と同じ気持ちだろう。

次に口をひらく者がなく、道場内が重苦しい沈黙につつまれたとき、

「実は、狩谷どのたちに、頼みがあってきたのだ」

と、有馬が桑兵衛、唐十郎、弥次郎の三人に目をやって切り出した。

「頼みとは」

「今日、いっしょにきた木島、利根山、室田の三人は、桑兵衛どのたちの遣う居合に感銘《かんめい》を受け、小宮山流居合を修業したいらしいのだ」

有馬が言うと、木島たち三人は、道場の床に両手を突き、

「われらを、入門させてください」

と、口々に言い、深々と頭を下げた。

「入門はかまわないが、木島どのたちは、この道場に入って気付いたことがあるはずだ」

桑兵衛が言った。

すると、木島たち三人は、道場内に目をやった後、互いに顔を見合わせたが、何も言わなかった。特に気付いたことはないらしく、戸惑うような顔をしている。

「おれたち三人の他に、門弟がいないだろう。有馬どのは何度も道場に来ているので、おれたちの他に門弟がいないのを知っているはずだ」

「そういえば……！」

木島が、他のふたりと顔を見合わせた。

「門弟はいるのだが、まったく稽古にこないのだ。入門しても、半月もすれば、みな道場に来なくなる。……その理由は、小宮山流居合は他の剣術とちがって、人斬りの剣だからだ」

桑兵衛はそう言った後、

「小川町の藩邸で、われらが藩士の切腹の介錯《かいしやく》をしたのを見たはずだ。……われらの居合は、ひとの首を刎《は》ねる剣であり、刀の切れ味を試すために、死体を斬る剣でもある。ひとの首を刎ねたり、死体を斬ったりする技を身につけるために修業したいと思う者は、滅多《めった》にいない」

と言い添え、あらためて木島たち三人に目をやった。

三人は顔を見合わせた後、困惑《こんわく》の色を浮かべて視線を膝先に落とした。

「江戸には、名のある剣術道場がいくつもある」

桑兵衛は、斎藤弥九郎《さいとうやくろう》の神道無念流《しんとうむねんりゆう》練兵館《れんぺいかん》、千葉周作《ちばしゆうさく》の北辰一刀流《ほくしんいつとうりゆう》玄武館《げんぶかん》、桃井春蔵《もものいしゆんぞう》の鏡新明智流《きようしんめいちりゆう》士学館《しがくかん》などの道場を挙《あ》げた。いずれも、竹刀《しない》を遣った稽古を取り入れた道場で、隆盛《りゆうせい》を誇っている。

「今、名を挙げたような道場に入門して稽古をした後、それでも小宮山流居合に入門したい気があったら、来てくれ」

そう言って、桑兵衛は木島たち三人に厳しい目をやった。

三人は戸惑うような顔をしていたが、

「狩谷どのが言われたとおり、一度他の道場に入門して稽古をしてみます」

と、木島が言うと、他のふたりもうなずいた。

「それがいい。小宮山流居合を身につけたくなったら、いつでも稽古に来てくれ」

桑兵衛が、穏やかな声で言い添えた。

傍《かたわ》らに座していた唐十郎と弥次郎は、顔を見合わせて笑みを浮かべている。

迅雷　介錯人・父子斬日譚

一〇〇字書評

切・り・取・り・線

購買動機（新聞、雑誌名を記入するか、あるいは○をつけてください）	
□（　　　　　　　　　　　　　） の広告を見て	
□（　　　　　　　　　　　　　） の書評を見て	
□ 知人のすすめで	□ タイトルに惹かれて
□ カバーが良かったから	□ 内容が面白そうだから
□ 好きな作家だから	□ 好きな分野の本だから

・最近、最も感銘を受けた作品名をお書き下さい

・あなたのお好きな作家名をお書き下さい

・その他、ご要望がありましたらお書き下さい

住所	〒				
氏名		職業		年齢	
Eメール	※携帯には配信できません	新刊情報等のメール配信を 希望する・しない			

この本の感想を、編集部までお寄せいただけたらありがたく存じます。今後の企画の参考にさせていただきます。Eメールでも結構です。

いただいた「一〇〇字書評」は、新聞・雑誌等に紹介させていただくことがあります。その場合はお礼として特製図書カードを差し上げます。

前ページの原稿用紙に書評をお書きの上、切り取り、左記までお送り下さい。宛先の住所は不要です。

なお、ご記入いただいたお名前、ご住所等は、書評紹介の事前了解、謝礼のお届けのためだけに利用し、そのほかの目的のために利用することはありません。

〒一〇一－八七〇一
祥伝社文庫編集長　坂口芳和
電話　〇三（三二六五）二〇八〇

祥伝社ホームページの「ブックレビュー」からも、書き込めます。
www.shodensha.co.jp/bookreview

祥伝社文庫

迅雷《じんらい》 介錯人《かいしゃくにん》・父子斬日譚《ふしざんじつたん》

令和元年10月20日　初版第1刷発行

著　者　鳥羽亮《とばりよう》
発行者　辻　浩明
発行所　祥伝社《しょうでんしゃ》
東京都千代田区神田神保町3-3
〒101-8701
電話　03（3265）2081（販売部）
電話　03（3265）2080（編集部）
電話　03（3265）3622（業務部）
www.shodensha.co.jp

印刷所　萩原印刷
製本所　ナショナル製本
カバーフォーマットデザイン　中原達治

 ISBN978-4-396-34573-0 C0193

祥伝社文庫の好評既刊

鳥羽 亮

双蛇《そうじゃ》の剣 新装版

介錯人・野晒唐十郎④

鞭の如くしなり、蛇の如くからみつく邪剣が、唐十郎に襲いかかる！ 疾走感溢《あふ》れる、これぞ痛快時代小説。

鳥羽 亮

雷神の剣 新装版

介錯人・野晒唐十郎⑤

かつてこれほどの剛剣があっただろうか？ 剣を断ち折って迫る「雷神の剣」に立ち向かう唐十郎！

鳥羽 亮

悲恋斬り 新装版

介錯人・野晒唐十郎⑥

女の執念、武士の意地……。兄の敵討《かたき》ちを依頼してきた娘とその敵との因縁。武士の悲哀漂う、正統派剣豪小説。

鳥羽 亮

飛龍の剣 新装版

介錯人・野晒唐十郎⑦

道中で襲い来る馬庭念《まにわねん》流、甲源一刀《こうげんいっとう》流、さらに謎の幻剣「飛龍の剣」が……危うし野晒唐十郎！

鳥羽 亮

妖剣 おぼろ返し 新装版

介錯人・野晒唐十郎⑧

唐十郎に立ちはだかる、居合術最強の敵。唐十郎の鬼哭の剣は、おぼろ返しにどこまで通用するのか!?

鳥羽 亮

鬼哭《きこく》 霞《かすみ》飛燕《ひえん》 新装版

介錯人・野晒唐十郎⑨

同門で競い合った男が敵として帰ってきた。かつて男の妹と恋仲であった唐十郎の胸中は――。

祥伝社文庫の好評既刊

鳥羽 亮

怨刀《おんとう》 鬼切丸《おにきりまる》 新装版

介錯人・野晒唐十郎⑩

唐十郎の叔父が斬殺され、献上刀〝鬼切丸〟が奪われた。さらに、叔父の仇討ちに立ちはだかる敵！

鳥羽 亮

右京烈剣 闇の用心棒⑪

秘剣〝虎の爪〟敗れる!? 最強の夜盗が跋扈《ばっこ》するなか、殺し人にして義理の親子・平兵衛と右京の命運は？

鳥羽 亮

悪鬼襲来 闇の用心棒⑫

非情なる辻斬りの秘剣〝死突《しにづ》き〟。父の仇を討つために決死の少年。平兵衛は相撃ち覚悟で敵を迎えた！

鳥羽 亮

風雷 闇の用心棒⑬

風神と雷神を名乗る二人の刺客襲来で、平兵衛に最大の危機が!? 殺された仲間の敵を討つため、秘剣が舞う！

鳥羽 亮

殺鬼狩り 闇の用心棒⑭

右京が凶刃に襲われた！ 江戸の闇世界の覇権を賭けた戦いが幕を開ける。人斬り平兵衛、最後の一閃！

鳥羽 亮

さむらい 修羅の剣

佞臣《ねいしん》を斬る――そう集められた若き三人の侍。だが暗殺成功後、汚名を着せられ、命を狙われた。三人の運命は!?